U0578195

黑色魔咒⑤

Mother Knows Best

神秘黄金花，请赐我力量！

黄金花之谜

迪士尼（中国）公司 / 著　　刘永安 / 编

北方联合出版传媒（集团）股份有限公司
万卷出版有限责任公司

ⓒ 迪士尼（中国）公司 刘永安 2024

图书在版编目（CIP）数据

黄金花之谜 / 迪士尼（中国）公司著；刘永安编. ——
沈阳：万卷出版有限责任公司，2024.2
ISBN 978-7-5470-6267-8

Ⅰ.①黄… Ⅱ.①迪… ②刘… Ⅲ.①长篇小说—中
国—当代 Ⅳ.①I247.5

中国国家版本馆CIP数据核字（2023）第094894号

出　品　人：王维良
出版发行：北方联合出版传媒（集团）股份有限公司
　　　　　万卷出版有限责任公司
　　　　　（地址：沈阳市和平区十一纬路29号　邮编：110003）
印　刷　者：宁波乐图纸制品有限公司
经　销　者：全国新华书店
幅面尺寸：145mm×210mm
字　　数：205千字
印　　张：11.25
出版时间：2024年2月第1版
印刷时间：2024年2月第1次印刷
责任编辑：李文天
责任校对：刘　洋
封面设计：刘萍萍
版式设计：徐春迎
ISBN 978-7-5470-6267-8
定　　价：42.00元
联系电话：024-23284090
传　　真：024-23284448

常年法律顾问：王　伟　版权所有　侵权必究　举报电话：024-23284090
如有印装质量问题，请与印刷厂联系。联系电话：0574-87096930

神秘黄金花，请赐我力量！

目录

第 **1** 章

冥后

幽隐的死亡森林深处住着一个女巫家族。她们的宅邸由灰白色鹅卵石堆砌而成，坐落在最高的山丘上，俯瞰着广袤的大地和死气沉沉的树林。枯脆歪斜的树枝遍布林间，看起来就像一只只细长扭曲的手，想要抓住些什么。

　　森林四周环绕着一片浓密的玫瑰丛，上面缀满小小的玫瑰花苞。尽管这些花苞很久很久以前就死了，久到世上任何一个活人都记不起确切的时间，不过看起来还是很美。这片玫瑰丛是分隔生者之域与亡者之林的界线。死亡森林里的女巫鲜少跨过边界伤害另一边的居民与生灵，只要求一样东西作为回报：他们的死者。

　　死亡森林里除了毫无生气的树木之外，还聚集了许多亡灵，是死者安息的地方，至少另一边的村民是这么想的。村民把这片森林视为活人止步的墓园禁地；女巫则是负责看管墓园的人，不过村民们心里很明白，在那个理应永远安宁的安息之地，逝去的亲人与挚爱几乎一刻也不得安宁。

哎，先别担心这个了，来看看故事的主角吧。死亡森林里住着女巫三姐妹，分别是海瑟、普琳罗丝和高瑟，还有她们的母亲玛妮娅。玛妮娅是掌管亡灵的冥后，更是有史以来最伟大、最令人丧胆，也最令人敬畏的女巫之一。

玛妮娅总毫不掩饰自己对女儿们的失望，她经常抱怨她们三个虽然同一天出生，却一点都不像彼此。对魔法国度的女巫而言，拥有长得一模一样的女儿是非常大的荣耀，而多胞胎女巫之所以深受众神青睐，是因为她们的魔力与法力比一般女巫更高强。高瑟和她两个姐姐理论上是三胞胎，但外貌和性格却迥异，有着天壤之别。

高瑟是三姐妹中的老幺，只比姐姐晚几个小时出生。她的肤色黝深，有一双情感满溢的灰色大眼睛，闪亮的黑发浓密丰盈，乱得很狂野。她经常会跟着姐姐在死亡森林里闲晃，或是在边界范围内的墓园中嬉戏，所以头发上经常缠着许多细小的树枝和枯叶。高瑟是个很爱看书又很有个性的女孩，一旦她决定将目光从爱书上移开，开始环顾四周，就非要吸引在场所有人注意不可。她思维缜密、态度务实、很少被情绪左右，一心只想继承母亲的头衔，取代她在死亡森林中的地位。对高瑟来说，世界上只有一件事比冥后的宝座更重要。那就是她的姐姐。

海瑟是三姐妹中的老大，身材纤细修长、有双大大的淡蓝色眼睛、个性害羞内向，一头耀眼的过肩银发如瀑布般倾泻而下，再加上她走路时悄然无声，看起来就像缥缈的幽灵女神（考虑到她们住的地方，这个称号真是再适合不过了）。海瑟是个讲话温柔又极富同理心的女孩，总是很愿意倾听妹妹们的烦恼，给她们满满的支持与协助。

老二是普琳罗丝。普琳罗丝有一头引人注目的红发、一双闪亮的翠绿色眼睛，皮肤白里透红，鼻头和鼻翼上则带着几点淡淡的雀斑。她是无忧无虑的乐天派，个性非常有趣，充满冒险精神，完全属于会被情绪牵着走的那个类型，这点有时让海瑟和高瑟伤透脑筋，三人常为此吵架。

女巫三姐妹大多时候都在死亡森林里消磨时光，探索各式各样的陵墓，念出墓碑上的名字。在她们眼中，墓园就像一座小型的亡者之城，她们会花好几个小时在不同的小径间穿梭漫步，细数那些装饰华丽的漂亮墓碑、雕像和作为墓室的地下圣堂。她们有时候还会一边走，一边大声念出死者的姓名，甚至像唱歌一样吟诵出碑上的名字。

死亡森林里几乎没有其他能用来打发时间的消遣，因此姐妹三人只好在穿越树林的同时找点开心的事做，自己娱乐自己。海瑟喜欢带着精致的薄羊皮纸和煤块到林间散步，这样她就能把那些装饰较为细腻华丽的墓碑转印到羊皮纸上。她说这叫"拓印"。要是墓碑上的名字特别有趣、特别好笑，她也会拓印下来以备参考，晚点儿再拿出妈妈的亡灵册对照并找出那些名字。

亡灵册是一本用皮革装帧的厚重名册，里面记载了所有埋葬在森林中的死者姓名和出生地。找名字这件事能让海瑟觉得自己没那么寂寞、没那么孤单，并非姐妹情谊不够，只是她喜欢把一些亡者想象成自己的朋友。海瑟、普琳罗丝和高瑟三姐妹在死亡森林里非常孤独，她们的妈妈老是忙个不停，一有机会就躲到僻静的地方埋头研究魔法，根本没时间陪她们。阅读妈妈的亡灵册时，海瑟总能从中得到些许陪伴和安慰，感觉好像逐渐认识了那些在森林中度过来生，游走于死后世界的人。

普琳罗丝则经常带着一个猩红色束口袋，里面装着一卷缎带、一把银色小刀和一大堆写着各种愿望的鲜红色羊皮纸片，她会用缎带把这些愿望绑在枯死的枝干上，替她们了无生气的世界增添一点色彩。无论她走到哪里，美丽都紧随在后，仿佛她存在的目的就是为了把美好带进她们的生命里。普琳罗丝想象亡魂会在深夜时分于林间游荡，并趁大家熟睡之际读她的愿望，她希望亡者会喜欢死后的国度，也希望那里能成为优美的安息地，而非现实生活中这片单调、乏味又灰暗的树林。

至于高瑟，她比两个姐姐更贴近物质世界，双眼始终注视着未来。她常趁妈妈不注意时，偷偷把妈妈的书塞进裙子口袋，并将书带进森林，她会利用姐姐停下脚步拓印墓碑或是将愿望系在树上的空当看书，有时还会大声念出来给她们听，不过大多时候，她只是放任自己飘到另一个世界——魔法世界，那个她极欲栖居的世界。今天也不例外。

"高瑟！走开啦！你挡到我要拓印的墓碑了！"海瑟大喊，高瑟抬起头才发现海瑟一脸不高兴地盯着她，太阳在海瑟身后，勾勒出微光闪烁的轮廓，将那张幽灵般的脸衬托得更加显眼。

"可是我在这里待得很舒服啊，海瑟。你不能拓印别的墓碑吗？"高瑟边问边眯起眼睛，好看清楚姐姐的脸。

"真拿你没办法。"海瑟叹了口气。

高瑟望着海瑟走进灿烂的阳光里。此刻夕阳低悬天际，美丽的橘色与粉红色余晖笼罩着这片阴郁沉闷的大地，这就是所谓魔幻时刻，也是高瑟最喜欢的时刻。她曾在书中读到有个国度拥有永恒的暮光，很好奇那里的生活会是什么模样。

"海瑟，别跑太远！"高瑟大喊，"天快黑了，妈妈要我们回家！"

海瑟没有回答，但高瑟知道她有听见。她曾在书上看到女巫姐妹有能力互相读心，也明白自己和两个姐姐并非如此（应该说不完全如此），因为她们三个很善解人意，总能察觉对方的思绪。"善解人意"，至少她们的妈妈是这么说的。她们从很小的时候开始，就能理解彼此的感受，虽然还是要讲话才能沟通，但在语言能力尚未成熟、无法确切表达的情况下，她们三姐妹依旧能从彼此的情绪中感知对方的想法。

高瑟拼命翻阅妈妈的藏书，想找到"善解人意"这个词，可是翻遍了每一本、每一页，就是没看到这四个字，她认为这个词一定是妈妈自己编出来的。高瑟想，或许有一天她们从妈妈那里学会更多魔法，她和姐姐就能彼此读心了。

"高瑟，你在想什么呀？"

高瑟笑了起来，抬头看着普琳罗丝，有许多漂亮的鲜红色爱心悬挂在焦黑歪扭的树枝上，将普琳罗丝团团包围，显然她在高瑟看书时自己忙了好一阵子。

"你看起来好像很难过，高瑟。怎么了?"普琳罗丝皱起眉头问道。

"没事，普琳。"高瑟重新把注意力转回书本上。

普琳罗丝把缎带和小刀塞进束口袋，走向高瑟，在她身旁坐下。"快说，到底怎么了?"她把手搭在妹妹手上，再次追问。

高瑟叹了口气说:"是妈妈啦! 我不懂她为什么不教我们魔法，家族的每一代女巫都会把魔法传授给下一代，要是我们不会魔法，要怎么维护家族传统呢?"

普琳罗丝捏捏高瑟的手，露出微笑:"因为妈妈不打算死啊。她会永远在这里缅怀我们的祖先，所以别担心。"

高瑟气冲冲地站起来，拍掉铁锈色洋装上的落叶。

"不要生气嘛，高瑟，拜托! 别管妈妈的魔法了，来跟我和海瑟玩吧!"

"你还不懂吗?"高瑟对普琳罗丝失去了耐性，"这也是我们的魔法，可是妈妈却一直隐瞒，不让我们接触! 假设她真的长生不死好了，我们也会跟她一样，那种永无止境的日子要怎么过呀!"

普琳罗丝那双翠绿色眼睛在夕阳余晖下闪闪发光:"我

们可以一如往常。一起在森林里漫步。三个姐妹一起。永不分离。"

高瑟很爱两个姐姐，可是她们太天真了，尤其是普琳罗丝，姐姐们很满意在森林里的生活，总是任凭妈妈施展魔法，但却完全不晓得背后的奥秘。普琳罗丝大概以为村民很乐意把死者献给她们吧，高瑟深知自己不该和姐姐讨论这个话题，怕会毁掉她们蒙昧无知的幸福，打乱姐妹之间的平衡。

"普琳，我很喜欢和你们在一起，真的！但你不想看看森林以外的世界吗？你不想过属于自己的人生吗？"

"我们现在就在过属于自己的人生啊！高瑟，别傻了！"普琳罗丝回答的同时，海瑟沿着小路朝她们走来。

"我真不敢相信你居然想离开我们！"海瑟无意间听见她们的谈话，高声说道。

"我不想离开！我希望我们三个能永远在一起。我不能没有你们，但要是妈妈不让我们看她的魔法，我想和你们一起去玫瑰丛另一边！我想和你们一起探索这个世界！"高瑟叹了口气，继续说，"如果妈妈不教我们魔法，我想去找其他愿意教的女巫，学习她们的魔法。我们是女巫，却不晓得该怎么运用魔力。难道你们不会心烦吗？"

"嘘！"海瑟把手指压在唇上，示意妹妹安静。这个举动惹恼了高瑟。

"妈妈又不在这里！海瑟，你太疑神疑鬼了！"

这时，静谧的森林里传来树枝断裂的噼啪声，听起来比雷鸣还要震耳："嘘！那是什么声音？"

三姐妹吓得站在原地动弹不得。森林里除了女巫外没有其他活物，所以来者不是她们的母亲就是亡灵，她们没办法断定哪个比较可怕。

"高瑟，要是妈妈听到你这么说，一定会气炸！"海瑟的声音细得像蚊子叫。

"嘘！我觉得不是她。可能是另一边的人越界了！"普琳罗丝低声说。

"不可能。我们这辈子还没看过有人走进森林，一次也没有！"高瑟反驳。

"可是妈妈不是这么说的。"普琳罗丝说。她的回答让高瑟忍不住翻白眼。

"就算村民胆子够大，敢踏进森林，他们也会被挡在外面。玫瑰丛被施了魔法，任何活人都无法靠近森林，只有身上流着家族血液的女巫才有资格。普琳，这个故事我已经讲过很多次了，你明知道是怎么回事！"高瑟想了一下，再度开口，"但实际上我们完全不清楚是怎么回事，对吧？"

"高瑟，你怎么老是怪里怪气的？你到底在说什么呀？"普琳罗丝听得一头雾水。

"我是在说妈妈！她根本什么都没告诉我们！我之所以会知道这些，原因只有一个，就是我一直在看妈妈的书！"

"那是因为妈妈最懂。"妈妈来了。妈妈的话宛如一把利刃刺进高瑟肚子里，妈妈的声音让她有点头晕反胃，双腿不自觉发软。普琳罗丝及时伸手搀住她，让她站稳。

"妈妈，放过高瑟吧！"普琳罗丝大叫，一个箭步挡在妈妈和妹妹中间。

"我什么也没做呀，普琳罗丝，"玛妮娅轻蔑地笑着，"是高瑟自己吓自己，就跟平常一样。伤害她就等于伤害我自己，我可从来没想过要伤害自己。"

玛妮娅一动不动地站在原地，静静凝视着三个女儿。她的面孔瘦削到令人心惊，漆黑的直长发顺着两颊披覆下来，在脸部凹陷处留下阴郁的暗影，看起来就像活生生的骷髅，奇大无比的眼睛带着怒火从深邃的眼窝中突出来，让三姐妹心生畏惧。

"冷静点，女儿，我不是来惩罚高瑟的。事实上，你们的一举一动，一思一想，我全都了如指掌。我好几年前就知道高瑟一直在看我的书。那又怎么样？我何必在意？书就是要拿来看的嘛！"她冷笑了几声，"聪明的高瑟、鬼祟又邪恶的高瑟。这段时间不停地把书偷偷塞进口袋、偷偷带到森林、偷偷地读！"她的语气中夹杂着愉悦和嘲讽。

玛妮娅伸出纤长的手指将头发塞到耳后，现在那张满是愤怒的脸看起来变得更苛刻、更严肃。三姐妹知道，妈妈准备施展魔法了。虽然她很少在她们面前施法，但只要她做刚才那个动作，就表示她要下咒了。

"高瑟，你想看我的魔法是吗？你想知道我母亲教了我什么是吗？你想学我的魔法是吗？看好了！"

玛妮娅高举双手，银色闪电从她指尖迸射飞散，照亮黑暗的森林，坠落在树上，树枝瞬间起火燃烧，冒出熊熊烈焰。

普琳罗丝大声尖叫，连忙将海瑟和高瑟拉过来靠近自己一点，"妈妈，不要这样！"

"吾召唤古今众神，命死亡森林重生，赐予吾等之应得！"玛妮娅一边大吼，一边发射更多闪电。天空霎时雷声隆隆，出现阵阵风暴。

"妈妈，快住手！你在做什么？我们知道你法力高强，对不起，我不该那样说你。真的很对不起！"高瑟苦苦哀求，但玛妮娅只是放声大笑，同时创造出旋涡状的金色光芒，与狂风结合成猛烈的暴风雨。大大的雨点不断落下，打在她们四周。

"吾召唤古今众神，命死亡森林重生，赐予吾等之应得！"

金光挟着暴雨深深穿透土壤，唤醒了那些居住在亡者之城的灵魂，邀请他们踏出地下圣堂，来到世间。大多数死者都疲惫不堪，只剩一具骸骨，他们默默走向玛妮娅。海瑟和普琳罗丝都露出恶心厌恶的表情，可是高瑟不一样，她意识到这些亡魂有一天都会归她所有，为她效命，而显得自己很有权势、很有力量。

"抱歉打扰了，亲爱的，我需要你们。附近有个村庄埋藏了许多死者，去把那些死者全都带回来给我。"玛妮娅对活死人说。

海瑟和普琳罗丝因为害怕而倒抽了一口气，高瑟则对母亲展现出来的威严敬畏万分，她从来没看过妈妈控制活死人，眼前的景象让她毛骨悚然，一阵寒意从脚底直窜到头顶。高瑟不懂附近的村镇怎么有胆子埋藏尸体，毕竟

"死者献给女巫"的规矩已经延续了数个世纪。当然，当地村民确实发起了几次叛乱行动企图反抗女巫，但每次都被暴力压下来，程度残忍得令高瑟很确定自己这辈子绝不会那么做。高瑟看见一个模样怪诞、身高极高的活死人，正全神贯注地听妈妈说话。

"除了小孩和一个成年女人之外，不准留下活口。记住，用古老的誓言约束她。她必须把今晚的故事告诉未来的世代，警告他们永远不能埋藏死者！"

"遵命，女王陛下。"那个高大的活死人回答，骨瘦如柴的脸上覆盖着如皮革般粗糙的皮肤。

"离开时去敲每座地下圣堂的门，把孩子全都叫醒，年纪小的也要。带他们一起出征，让孩子们见识一下如何折磨那些偷偷埋藏死者的活人。"

"悉听尊便，女王陛下。"高大的活死人说。其他活死人只是立正站好，等着接令、等着冥后施展魔法、等着大开杀戒，将生者变成亡者的一分子。唯一开口说话的，是一个样貌诡异的活死人，他生前想必是个很高的男人，他头戴黑色高帽、身穿黑色长大衣，一条裤子如今已变得破烂不堪，如尘土般一碰就碎。他低头看着双手仔细检视，脸皮瞬间绷紧，仿佛很讶异自己从上次被唤醒后到现在，居然只剩这么一点遗骸。

"你看起来很英俊，亲爱的。"玛妮娅说，"帅气如昔。我眼中的你依旧是从前那个你。你有看见我心里的他吗？你要记住这个画面，以我之名率领活死人大军。记住，亲爱的，我会等你回来。"正当她准备叫爱将离开时，突然想到还有最后一个细节，"哦，对了，亲爱的，把新的死者带来我这里，这样才能记录他们的名字。"

"遵命，女王陛下。但如果那个女人拒绝这些条件呢？"

"那就把她和她的孩子杀了，亲爱的，全部带回来。"

"遵命，女王陛下。"

高瑟听见海瑟和普琳罗丝放声尖叫，但她分不出两个姐姐的声音，因为她们正你一言我一语，拼命央求母亲住手。

玛妮娅似乎没有听见女儿求情，就算有，她也不在乎。她迈步向前，双眼直盯着玫瑰丛，接着伸出如爪子般细瘦的手攫住空气，用力握紧，仿佛掐着隐形受害者的脖子。就在这瞬间，她手腕一挥，抛出一颗猩红色小球。小球以闪电般的速度飞过空中，变成一道盘旋的旋涡，替可怕的活死人大军开路，让他们得以跨越边界进入生者之域。看到妈妈用这种方式施展魔法，三姐妹吓得全身发抖。

"去吧，亲爱的！让那些活人瞧瞧偷埋死者的后果！让他们对我万般敬畏，就像他们的祖先一样！让他们经历超乎想象的骇人暴行，体验刻骨铭心的胆战恐惧，好叫他们永远记得和死亡森林女巫作对的下场！"

"妈妈，住手！"

高瑟对妈妈又敬又怕，海瑟和普琳罗丝吓得僵在原地无法动弹，只能眼睁睁看着活死人大军齐步并进，穿过那道绯红色旋涡。不过更令人不安的，是妈妈脸上扭曲的笑容，她们从没见过她这么开心，这么沾沾自喜。一想到那些恐怖的活死人会怎么对付村民，她们就不寒而栗。

"妈妈，拜托不要这样！不能给他们一个警告就好吗？在你这么做之前先给他们一个机会改正，好不好？"普琳罗丝不停乞求。

玛妮娅嘲讽地笑了起来："你真可悲！如果你们想学我的魔法，想向我们的祖先致敬，那这种事就是你们的责任之一。普琳，你以为我这么做很轻松吗？你以为我以屠杀妇女和孩童为乐吗？我这么做是为了保护我们。为了整个家族！"

"不，妈妈，我觉得你很享受这一切！我感觉得出来！

所以不要再装了！"普琳罗丝露出极度嫌恶的表情。

玛妮娅眯起眼睛看着女儿："将来这个责任会落在你们身上，这件事非常严肃，需要坚定的决心与勇气，我担心你们太软弱，到时没有能力接替我！"

普琳罗丝紧挨着海瑟，静静地站着。高瑟率先开口打破了沉默，她深呼吸，扬起下巴，迎上母亲的目光："妈妈，我决定要尊崇你和我们的祖先，我想学你的魔法，我会扛起这个责任。"

玛妮娅一把抓住高瑟的喉咙，将她举离地面。高瑟的脚像破烂的洋娃娃一样不停摆荡，海瑟和普琳罗丝的尖叫声响彻整片森林。"高瑟，你有什么资格坐在我的位置，以冥后的身份统治这个国度？"

"我……不知……道。"高瑟浑身颤抖，大口喘气。她很清楚自己够格，她觉得妈妈似乎留下了"什么"在她体内，而那个"什么"正蛰伏于深处，等待破茧而出。她知道这里是她的国度、她的归属，只是不知道该怎么用言语来表达。

"你会怎么做？要是邻近的村庄埋藏死人，你会怎么处置？"玛妮娅看着高瑟的眼睛问道。

"我会做跟你一样的事，妈妈。"高瑟回答。

"很好。我一直都希望你能在我决定坠入陨灭迷雾后继承我的王位，但不是现在，亲爱的。"玛妮娅慢慢松开高瑟的脖子，轻轻抚摸女儿的头发，"我的魔法不在你看的那些书里，不是全部，而是在我的血液里。因为我一次只能抽出这么多。"这番话让高瑟忍不住瞪大眼睛，她知道妈妈能听见她的问题和思绪。"没错，我亲爱的女儿，我的小高瑟，现在你懂了。我并不是想自私地独占魔法、不愿分享我的力量。因为一旦把所知全给了你，我就什么都没有了。将来你会拥有一切，包含我的生命和冥后的头衔，缅怀与致敬先祖的责任也要由你来承担。高瑟，你要维护我们的传统，谨守秘密，绝不能让生者世界知道。这点比什么都重要。"

玛妮娅凝视着高瑟，细读那双灰色眼睛："女儿，你准备好纳受更多血液，展开下一步了吗？"

"你的血吗？"

玛妮娅笑了起来："当然啊，黑心的小坏蛋。更多我的血液。不然你以为你们三姐妹是怎么感受到彼此情绪的？普琳罗丝又怎么能感应到我的？你们血管里流的是我的血。我在你们出生时分别留了一点血在你们体内，现在我打算再做一次。我分享得越多，你就会变得越强。我的女儿，你准备好了吗?"

"高瑟，不行！不要接受！"普琳罗丝低声劝阻。

此时此刻，高瑟只想平息姐姐内心的恐惧和担忧，让她们明白自己这么做是为了姐妹三人，但她不晓得该怎么说才能安抚她们。高瑟反复思量，仔细考虑妈妈的提议；海瑟那双淡蓝色眼睛盈满了泪水；普琳罗丝则疯狂摇着她的手："高瑟，拜托不要！"

"你们两个老是这么优柔寡断，纯真得要命，一点也不像女巫。高瑟就不一样了。她的心几乎和我的一样黑。"玛妮娅笑着说。

"不要那样说！如果你对高瑟这么有把握，那就让她好好考虑，给她一个晚上想想再做决定。"海瑟大叫。

玛妮娅再度大笑："好。你们三个都给我回家！高瑟可以在明天日落前给我答复。现在，趁我还没改变主意，快点离开！"

"高瑟，走啦！"普琳罗丝一边催，一边拉着妹妹远离母亲，但高瑟完全没有移动半寸。高瑟感觉好麻木，好像陷入出神状态，而且不知怎的和妈妈牢牢绑在一起。海瑟和普琳罗丝分别抓住高瑟的左右手，硬是把她拖到通往山丘宅邸的小路上，留妈妈独自一人在死亡森林中施咒。魔法在她周围爆发，如闪电般此起彼落，投下恐怖的暗影。每走一步，高瑟都得用意志力移动双腿，仿佛有股隐形的力量要她留在妈妈身边。

"不要回头看她，高瑟！看着我们。"海瑟悄声说。高瑟眨眨眼，试着把目光转移到姐姐身上，随着离妈妈越来越远，高瑟的心绪也越来越清晰，感觉好像终于从浓雾中走出来一样。

"你没事吧?"普琳罗丝望着高瑟的眼睛问道。高瑟的灰色眼眸映照出远方闪烁的魔法光芒，看起来好像完全不属于她。

"高瑟?"普琳罗丝停下脚步，抓住妹妹的肩膀，盯着那双盛满光点的大眼睛，"高瑟，看着我！你没事吧?"

"没事，普琳，我很好。我们回家吧，我有很多事要想呢!"

第 **2** 章

山丘上的女巫

三姐妹站在高瑟房外的阳台上，望着死亡森林中舞动的魔法光芒。在亮光的照耀下，她们后方的鸟身女妖石雕墙摇曳着不祥的阴影，那些长着翅膀的美丽女妖看起来活灵活现，仿佛有了生命。

　　"你们觉得她会在那里待多久？"海瑟用颤抖的声音问道。

　　"别怕，海瑟，一切都会没事的，我保证。"高瑟闪着奇怪的眼神，心不在焉地说。

　　"你怎么能这么说？才不会没事！妈妈要把那个村子里的人全都杀光啊！"普琳罗丝气得直发抖。

　　"妈妈是在维护家族传统，普琳。这是好几百年以来的规矩。"

　　普琳罗丝瞪着高瑟，仿佛她是什么邪恶卑劣的东西，或是某个认不出来的外星物种。

"不要用那种眼神看我！"高瑟觉得好受伤，她可以感觉到姐姐的憎恶，但她无法用言语解释为什么她理解妈妈的所作所为，也无法让她们明白为什么她愿意代替妈妈做一样的事。

"你到底在想什么，高瑟？你怎么有办法接受这些事？"高瑟回答不出来。

但普琳罗丝认为自己知道答案。她可以感觉到高瑟的情绪在她体内涌流，充满期待，宛如暴风雨般不停旋转，"你想要妈妈的魔力！对不对？"普琳罗丝失声惊叫。

高瑟想了一下，接着开口："对，但也不尽然。我不是自私的人，普琳，我想要她的魔力，是因为这样我才能保护你和海瑟。妈妈不会永远在这里，一定要有人站出来维护我们的安全，要是她出了什么事呢？要是村民起来反抗、攻击我们呢？没有妈妈的魔法，我又怎么能保护你们？"

"高瑟，之前你才说你想看看玫瑰丛外的世界，你不想永远困在这片森林，现在你又想承担那些会让你一辈子被绑在这里的责任！"普琳罗丝坚守自己的立场，似乎正仔细审视高瑟的灵魂，她以前从来没发现妹妹有这一面，"你内心有什么东西变了！是因为妈妈说她会把魔法分享给你吗？你真的相信她说的话？"

高瑟好希望姐姐能了解她想这么做的原因："当然相信！她是我们的妈妈呀！"

普琳罗丝对这个回答嗤之以鼻，"你到底有什么毛病啊？她杀光整村的人哪！你的意思是你觉得这样没关系？这种事不管在哪个宇宙都很不正常好吗！"

"那可不一定。"高瑟心想。她不想揭开残酷的真相惹姐姐生气，但事已至此，伤害在所难免，

"一直以来都是这样，普琳。一直都是。早在妈妈出生前，甚至早在外婆出生前就已经是这样了！只是在我们有生之年，妈妈没必要这么做，说不定她接下来一百年都不用再屠村了。我敢说那些村民一定会谨记教训，好好遵守他们祖先和我们祖先所达成的协议。"高瑟暂停了一下，接着再度开口，"如果村民不遵守，我们就不得不再次出征，直到他们学乖为止。我们必须表态清楚，他们不能破坏协议，我们不是什么软脚虾，没有人能占我们便宜。"高瑟看得出来，她每说一个字，普琳罗丝的怒火就越旺，但她还是继续讲下去，"普琳，今晚的行动对我们有利。许多尸体开始崩裂瓦解，我们的成员也日渐减少，这么做等于招收新的死者，这样我们下次需要时才有更多人手可

用。"

普琳罗丝听得目瞪口呆，差点说不出话来："下次需
要？要干吗？杀掉更多无辜的人，只因为他们不想把死者
交给我们？哦，对了，我在跟高瑟说话呀！最理性、最
有逻辑的那个！最务实的那个！三姐妹中最聪明的那个！
哼，你现在听起来可不太聪明，高瑟。你听起来像个反社
会分子！听起来就跟妈妈一样！"

"普琳，读读我们的历史吧！这就是我们家族的传统，
已经延续好几个世代了，多到你数都数不清！"高瑟苦笑
着说。

"就算我们的曾曾曾外祖母杀害无辜的人又怎么样！
不代表我们也要啊！我们可以拒绝、可以离开这里，高瑟，
我们不用过这种生活！算我求你，今天就照稍早说的那样
做吧，我们可以留妈妈一个人在这里做她想做的事，但我
不想参与！"

"普琳，我们不能走。现在还不是时候，我们得留下
来才行！海瑟，快告诉她我们不能走！"高瑟对着站在一
旁默不作声的海瑟说。

"高瑟，你真的要这样吗？拜托你告诉我，你不是认
真的！"普琳罗丝不断恳求。海瑟一如往常看着妹妹争吵，

等待适当的时机再出声，表露自己的感受。

"我很认真，普琳。妈妈给我血的时候，我希望你和海瑟能一起接受。"

"你疯了吗？"

"显然你这么觉得呀！可是我想，要是我们三姐妹明天一起接受妈妈的血，我们就能互相读心，分享彼此的想法。想想看，普琳，这样你们两个需要我的时候我就会知道，也能互相保护对方！"

普琳罗丝又皱起脸，露出厌恶的表情："你是说你想控制我们，就像妈妈现在控制你一样吧！"她厉声呵斥，伤了高瑟的心。

"不是！完全不是！而且她没有控制我！"

"那刚才是怎么样？你看起来就像着了魔！"

"我只是头晕！妈妈要给我们的东西和这一切所代表的意义让我有点招架不住。"

"你是说妈妈要给你的东西吧！她向来最喜欢你，你可以骗自己，但你的心逃不过我的眼睛！听着，高瑟，如果你真的接受妈妈的血，我这辈子都不会原谅你，我会永远离开这里，你也永远别想再见到我，明白吗？"普琳罗丝泪流满面，看起来非常认真。

"普琳，我爱你，真的很爱你，可是你知道自己在说什么吗！我们又不晓得妈妈的真实年龄，她也不会永远陪着我们哪！"

"她爱活多久就活多久！只要她不想死，她就不会死！你听到她说的话了，要不要走进陨灭迷雾是她的选择！"普琳罗丝说。

"要是她在进入迷雾前就出事呢？如果不会魔法，我要怎么医治她？再说将来有一天她会变得很累、很厌倦，不想留在这个世界，她会想跟外婆、外婆的妈妈和过去所有流着家族血液的女巫一样，迈入下一个阶段。在她走进陨灭迷雾后，继承她的王位、确保家族魔法继续流传、留在这里保护森林，并维系我们的传统，这些都是我们的责任，你都知道哇！"

"不是用这种方式，高瑟。"普琳罗丝摇摇头，"我不想杀害无辜的人！我不可能杀了小孩后还没感觉，如果你这么做，我永远不会原谅你！"

高瑟觉得自己的心好像被撕裂了。妈妈好不容易答应要教她魔法，姐姐却强迫她做出不可能的抉择，她无奈地叹了一口气说："你明知道对我来说，你比魔法更重要！拜托不要逼我做选择！"

普琳罗丝没有回应，只是一直看着妹妹，眼泪如断了线的珍珠般滚落脸颊。

高瑟紧握拳头，捏得好用力，用力到指甲都刺进掌心里，渗出了血。"好，我不会这么做。普琳，我不能失去你，真的不能！如果你不希望我接受妈妈的血，我就拒绝。如果你真的想走，我们可以在明天日落前一起离开这里，但我希望你想清楚，明白这个决定背后的含义。"

"没有人要走。"一直静静聆听妹妹争执的海瑟终于开口。

高瑟和普琳罗丝惊讶地看着姐姐。海瑟向来文静内敛、喜欢沉思默想，此时却扮演了一个她很少出现的角色，却很衬她是长姐的身份。两个妹妹被她平静坚定的语气迷住，乖乖站在那里听她讲话。

"高瑟，明天我会跟你一起接受妈妈的血。这里才是我们的归宿。我们是玛妮娅的女儿，我们要对死亡森林负责，也要对我们的祖先负责。普琳罗丝，这点你很清楚，清楚了一辈子，我不懂你为什么表现得好像现在才知道！妈妈经常告诉我们出生前的故事，你以为那些都只是童话吗？我们住在死亡森林里呀，普琳！死亡森林！这些对你来说应该没什么好大惊小怪的吧！我们终其一生都行走在游魂之间，与亡者为伍。我们小时候听的床边故事就是祖先流传的历史。要是我们离开这里，妈妈走后就没有人能控制死者了！普琳，你知道这代表什么意思吗？听我说，明天我们所有人都要接受妈妈的血。三个都要！我的年纪仅次于妈妈，我说了算。"

"海瑟，我真不敢相信你居然站在高瑟那边！你们两个让我觉得好恶心、好想吐！"普琳罗丝气冲冲地离开阳台，丢下海瑟和高瑟两个人。

"普琳，留下来，拜托！快回来！"高瑟心都碎了，不知怎的，她觉得自己毁了一切，不晓得自己能不能再次得到普琳罗丝的爱。

"别担心，高瑟，明天她的感觉就会不一样了，她只是需要一点时间好好思考。你也知道她的个性，脾气来得快去得也快，她没办法气我们太久的。"高瑟知道海瑟说得对，可是她心里有个声音告诉她，这次她可能会永远失去普琳罗丝了。

"谢谢你支持我，海瑟，谢谢你对我的信任，我就知道你会懂我为什么要这么做。"海瑟似乎不晓得该如何回应，思忖了好一阵子才开口："我想我懂。这是我们的义务，我们非做不可。"

"这是我们的义务和与生俱来的权利！我一直以为妈妈很自私，不想教我们魔法，所以气她气了好多年。我本来打算离开这个地方，因为我好怕自己会永远困在这里受苦，整天无所事事，只能去森林里闲晃。不过要是妈妈愿意给我她的血，就表示她已经准备好进入陨灭迷雾，准备好迈向下一个阶段，希望我们能在她走之前学习、承继她的知识。你明白吗？"

"高瑟，你这么做究竟是像你说的那样为了要保护我们，还是为了魔力？"

高瑟看着姐姐走出房间的背影，轻声回答："唉，海瑟，要是我说两者皆是，你会怎么看我呢？"

第 **3** 章

永不分离

死亡森林的晨曦让高瑟的房间里染上一层朦胧的灰蓝色光芒。高瑟觉得有点冷，于是将红色羽丝绒被拉到下巴。她特别不想迎接这一天，也不想面对普琳罗丝，可是当她集中精神仔细环顾四周，才发现自己根本不用这么担忧。房间里从床柱到天花板横梁都挂满了红色的纸爱心，她伸手将系在床柱上的其中一张爱心拉到面前，念出上面的字。

"永不分离。"高瑟发出一声叹息，希望这样表示姐姐已经不生她的气了。

她站在房间里望着灰色石墙和窗外壮观的森林景致，突然意识到自己真的很喜欢这栋房子，虽然她老是嚷着要离开死亡森林，但这一刻，她发觉自己其实一点也不想离开。尽管她的家是用无聊的鹅卵石砌成，又阴又冷；尽管她的家有许多巨大骇人的夜兽雕像；尽管她的家荒芜贫痒，令人提不起劲，但她还是很爱这里，她无法想象如何生活在外面的世界。学会母亲的魔法、和两个姐姐永远在一起，是她的两个心愿，现在她的梦想似乎终于要成真了。不过，要是普琳罗丝逼她在姐姐和妈妈的魔法之间抉择，答案很简单，她一定会选海瑟和普琳罗丝。如果妈妈因为她改变心意跟她断绝母女关系，那她就会和姐姐一起离开，学习如何在没有魔法的世界生活。

只要姐姐在身边，她就很开心了。三姐妹，永不分离。

这时，房外传来轻轻的敲门声。

"请进！"高瑟大喊。

是普琳罗丝。她身穿一件最漂亮、最精致的翠绿长礼服，手上捧着一个失去光泽的银色托盘，上面放了两杯茶和一堆英式蓝莓松饼。"谢谢你的祝福，普琳，我好喜欢。"高瑟笑着对姐姐说。

"我泡了你最爱的榛果茶。"普琳罗丝回以微笑，将托盘放在床边的小圆桌上。

"谢谢。"高瑟说。

普琳罗丝坐在高瑟床上，用小手轻拍床铺："高瑟，过来坐我旁边。我想过了，我决定跟你和海瑟一起接受妈妈的血。"

"真的吗?"高瑟的眼睛睁得好大。

"真的。得有人好好看住你、约束你,高瑟。那个人就是我。"

"真的吗?你确定吗,普琳?这可是大事喔!"高瑟扑上去拥抱普琳罗丝。

"我知道。当然啦,你和海瑟说得没错,那些历史我都很熟,我们从小就很清楚妈妈是什么样的人,但不晓得为什么,我觉得……唉,我也不知道,我觉得自己想把这些变成某种……"

"童话故事?"

"对。"

"我懂。"

"我之前从来没见过妈妈那样使用魔法,不知怎的,我说服自己那些故事、那些关于我们的历史都不是真的。"

"我懂,普琳。可是我不得不说,我有点担心妈妈,她内在好像有什么东西变了,感觉不太对劲。"

"高瑟,我希望你和海瑟不要为了妈妈担忧过头,她至少还会再陪我们一百年吧。"

"但愿如此。她可能要花很长一段时间才能把所知的一切传授给我们。"

普琳罗丝从床边站起来，走向高瑟的衣柜，拉出一件深紫红色丝绒洋装和黑色天鹅绒斗篷："找到了！我觉得你应该穿这个！海瑟会穿银色的。这种重要场合，要是只有你一个人随便穿就糗了。"

"什么场合？"

"妈妈的授血仪式呀，傻瓜！我已经跟她说我们三个今天都要接受她的血，时间就订在日落时分，她正在玻璃屋准备呢！"

"她真的会让我们进去那里吗？"

"大概吧……只是可能要再等五十年。"普琳罗丝哈哈大笑，"妈妈的个性你也清楚。话说回来，你知道玻璃屋里有什么吗？"

"我猜是黄金花。"

"什么？"

"就是一种花啦。死亡森林中唯一有生命又长在玻璃屋里的植物。"

"你怎么会知道这些？"普琳罗丝问道。

"这些年我一直在看妈妈的书。那些花已经在家族中流传好几个世代了，妈妈走后，让那些花活下去也是我们的责任之一。"

"高瑟，你真的好怪。"

"怪？怎么说？"高瑟缩了一下。

"没有啦，没事。我爱你。"

"你确定你真的要这样？你不会是为了我才这么做吧？"高瑟拼命追问，很怕普琳罗丝改变主意。

"别担心，高瑟，我这么做是为了让我们能永远在一起。不过你要答应我一件事，成为冥后之后，你绝对不能杀害村民的孩子。"

"我答应你。"

"永不分离，对吧？"

"永不分离。"

第 **4** 章

冥思天使

玻璃屋是玛妮娅最常待的地方。通往玻璃屋的石径两侧长满了凋萎的垂柳，柳枝在风中不停颤抖，于小径投下诡异的光影。高瑟一个人独自漫步，细细欣赏周遭环境。她很喜欢步道两旁的哭泣天使雕像，有些天使在树梢后方静静窥探，有些古老到逐渐瓦解，石刻的脸蛋在时间啃蚀下裂成碎屑。其中有座雕像以黑色大理石刻成，身上爬满了干枯的苔藓，高瑟百看不厌，那是她最喜欢的天使，天使用手捂住脸，高瑟想象她是在为所有沉睡于死亡森林中的亡者哭泣。为了永恒而哭泣。不知怎的，这样想总能让高瑟觉得宽慰许多，她不需要为了死者而哭，因为天使会代她流泪。直到永远。

　　高瑟很好奇，在她之前不晓得有多少女巫走过这条通往玻璃屋的小径，凝视着这些天使默想。她不太确定自己为什么要去玻璃屋，只知道妈妈在那里，有股不明所以的力量正引着她前去母亲身边。

玻璃屋是一栋美丽的玻璃楼房，看起来就像巨型温室，只是在建筑美学上比温室漂亮得多，屋体的结构很大，从宅邸就看得见，宛如一颗在荒凉地景中闪闪发光的宝石。随着离玻璃屋越来越近，高瑟不禁心想，妈妈到底在这边干吗？她从来没有在妈妈研究魔法时进屋打扰，一次也没有。她甚至从未要求妈妈让她进玻璃屋看看，不过出于某种原因，那天她有种不一样的感觉，她知道晚点就会得到妈妈的魔力，因此让她觉得自己比平常更强大、更勇敢。今天有什么地方变了……

"今天有什么地方变了，亲爱的？"玛妮娅站在玻璃屋门口说。

"妈妈！我没看到你站在那里。"

"高瑟，你想进来吗？"

"嗯……好哇。"高瑟犹豫了一下，怯生生地走向母亲。

"别紧张，宝贝。这里将来会成为你的魔力所在。"玛妮娅嘴角扬起一抹笑意，对高瑟伸出手，"进来吧。"

玻璃屋里满溢着炫目的金色光芒，比太阳还亮，高瑟从来没见过这么耀眼的事物，她纳闷自己在屋外怎么没注意到这些光。

"亲爱的，这就是魔法！"玛妮娅笑着说。

高瑟被花朵的光辉照得睁不开眼，内心满怀敬畏，一时无法言语，她完全猜不出来屋里究竟有多少花。玛妮娅把花放在多排呈阶梯状、看起来就像圆形露天剧场座位的长椅上，围绕着整座建筑。玻璃屋里满是鲜花，只有正中央的地板上画着一些魔法符号，旁边还摆了一张小木桌，上面放着妈妈的魔法物品。

黄金花的光芒比房间里无数个挂在大锻铁钩上的灯笼还要灿烂。眼前的景象让高瑟惊叹不已，近乎屏息。

"高瑟，这就是你要继承的遗产，这就是我们家族的延续。"玛妮娅张开双臂说。

"黄金花?"高瑟用细小的声音问道。

"没错，聪明的小恶魔。我走了之后，保护这些花就成了你的责任，这可是首要工作，我黑心又歹毒的孩子，要是你想活得跟我一样久，你就必须好好保护黄金花，这样才能确保你们三姐妹永远不受岁月与老态摧残。"

"我知道了。"

"我想也是，亲爱的。"玛妮娅停顿了一下，接着再度开口，"我还要告诉你一件事，这件事不能告诉姐姐们，她们不会懂的。还记得我说过，伤害你就等于伤害我自己吗？"

"记得。"

"你知道那是什么意思吗？"

高瑟看着妈妈的眼睛寻找答案，突然意识到自己其实一直都知道解答。她从小就有这种感觉了，只是到这一刻才摸索出适当的词句。

"因为我就是你。我不知道为什么，但我感觉得出来。"

"你一直都很聪明，我的宝贝。非常明智。我很爱海瑟和普琳罗丝，但你就像我的翻版，高瑟，你是我最喜欢的孩子。"玛妮娅露出难得的微笑。

"真的吗？你说的是真的？"高瑟想知道妈妈说的是不是实话。

"你为什么会怀疑呢？"

"我们的名字。"高瑟用小到快听不见的声音回答。

玛妮娅笑了起来："因为你不是用花朵命名的①？你以为这样表示我比较不看重你？错了，高瑟，这才是你之所以特别，之所以独一无二的原因。快走吧，傍晚的仪式开

---

① 海瑟和普琳罗丝的名字都源自某种花。有趣的是，高瑟的名字有过度保护的父母之意，常用来指称教母。

始前我还有很多东西要准备。"

"妈妈，你应该不会很快就进入陨灭迷雾吧?"

"不会，亲爱的。在那之前我还有很多事要教你，你会觉得失望吗?"

"没有，完全不会!"

"很好，快走吧! 我还有很多事要做呢。"

第 **5** 章

风暴来临之前

高瑟在藏书室静静看书，海瑟和普琳罗丝坐在附近，焦躁难安。石头壁炉中燃着熊熊烈火，巨大的雕像伫立在两侧支撑着炉架；随处可见的书架上摆满了许多用皮革装帧的书，火光在书本上不住跳跃。藏书室是高瑟在这个世界上最喜欢的地方，总能让她心灵平静，有好多书籍可以翻读，好多天地可以遁逃，好多历史可以借鉴。无论发生了什么事，无论现实有多痛苦，只要走进藏书室，她就能躲进自己的小世界，在那里，万事万物都会很美好、很顺利。可是那天傍晚不一样，她无法专心，不停想着即将在短短几小时后发生的事，到了晚上，仿佛一切都会改变。

　　"你很紧张。"普琳罗丝蜷缩在房间另一头的黑色皮椅上说。高瑟觉得普琳罗丝老是选那张椅子很有趣。椅子后方的墙上雕着一棵满是乌鸦的老树，女巫宅邸到处都有类似的雕刻，但那棵树和其他图案不太一样，树上有花，小到几乎看不见，只有细细的嫩芽从枝丫上冒出来。高瑟在想，不晓得姐姐有没有注意到那些花。坐在皮椅上的普琳罗丝，看起来就像被生命与色彩团团包围，仿佛是从另一个世界被带到这里，高瑟好想知道可怜的姐姐究竟是怎么在这么阴沉乏味的地方找到自我的。与此同时，海瑟坐在靠近壁炉的椅子上，露出一副完全属于死亡森林的模样，好像所有颜色都从她体内渗滤而出，看起来宛若幽魂，火光在她后方的狮鹫兽雕刻上不停舞动。

"我有很紧张吗?"高瑟惊讶地问道。

"呃，反正我很紧张啦!"普琳罗丝说。

"老实说我太不确定自己的感觉。可能是兴奋吧？我不知道。"高瑟站了起来，"天哪! 普琳，你想想，再过几个小时我们就会接受妈妈的血，然后就能常常读彼此的心，听见对方的想法了!"

"是没错啦，高瑟，但我没有你那么兴奋就是了。"普琳罗丝翻翻白眼。

"为什么?"高瑟问。

"唉，我也不知道，高瑟，大概是因为这样就再也没隐私了吧。"

"普琳罗丝，你不用一直分享你的想法呀!"海瑟插嘴，"不停听见别人的思绪一定很烦。"海瑟瞥了高瑟一眼，高瑟的表情似乎很讶异海瑟居然知道她在说什么。"高瑟，你不是唯一一个有读过妈妈藏书的人好吗？"

高瑟笑了起来："好啦，我们很快就不会是现在的自己了，最后这段时光要怎么过呢？"

"高瑟，你真的很怪啊！说真的，你到底在说什么呀？"普琳罗丝问道。

"普琳，今天过后，我们的人生就会永远改变！"高瑟的语气近乎陶醉，有种飘飘然的感觉，惹恼了普琳罗丝。

"这倒是真的。"普琳罗丝露出古怪的表情，海瑟和高瑟都猜不透她的心思。

"怎么了？那是什么表情？你改变主意了吗？"高瑟追问。

"冷静，高瑟，她没有改变主意。"海瑟连忙跳出来打圆场，接着转向普琳罗丝，"你也不要再逗高瑟了，她才不怪。她说得对，今晚过后我们就会变成不一样的人，不同版本的我们。这个问题一点也不奇怪。在开始和妈妈学魔法前，我们要怎么度过最后一个傍晚呢？"

"我不知道你们两个怎么想，但我要自己过！"普琳罗丝火大地站起来，气呼呼地跑出藏书室。

高瑟在普琳罗丝甩门时放声大喊："普琳罗丝，你怎么了？发生什么事了？我说了什么吗？"高瑟满腹疑惑，觉得好受伤。

　　"你没有说什么，普琳就是这样，老爱小题大做。她在生闷气，因为人生没有按照她的计划走。"海瑟摇摇头。

　　"什么意思？"

　　海瑟对高瑟笑了笑："你也知道普琳罗丝的个性，她只想享乐。只要有我们在身边，就算余生只能在树林里闲晃、把纸爱心挂在树上，她就心满意足了。可是这些都在改变，我们会整天待在妈妈身边，学习如何接替她的位置，这跟她想象中的'三姐妹永远在一起'不一样，所以她很害怕。我猜她已经开始想念我们了。"

　　"可是我们就在这里，全都在呀！一旦接受妈妈的血，我们就会变得更强，也能施展魔法，不光是感受彼此的情绪而已，我们可以用真正的魔法！"高瑟说。

　　"我知道，我也很期待。不过我想普琳罗丝会同意，也是因为她知道这件事对我们两个来说很重要。"

　　"这件事对你来说很重要？真的吗？"

　　"当然，高瑟！我可以看到多年后的我们一起学巫术、练咒语、埋头研究到深夜，或许还能认识其他女巫，但这些普琳罗丝都不喜欢。她担心这些事会影响我们的感情，很怕会因为魔法而失去我们。"

"她可以加入我们哪！"

"她没兴趣，高瑟，我想我们应该考虑让她离开死亡森林。"

"不要！"

"高瑟，你很明白她终究会离开。如果留在这里，她就会过着你害怕的那种生活，整天没事做，一辈子受苦。你不是很怕自己的人生变成那样吗？你希望她过那种生活吗？"

"她不会没事做呀！她可以跟我们一起学魔法！"

"停！高瑟，你听我说，她不想学魔法，她很怕魔法！我认为现实世界才是她该去的地方，我感觉得出来，也知道她不打算一辈子待在这里。"海瑟叹了口气，"高瑟，你记不记得我们小时候会跑遍整座亡者之城，敲地下圣堂的门？"

"嗯，记得，那是我们最喜欢的游戏，而且很常玩，普琳罗丝好爱这个游戏。"

"她是很爱，直到有一天雅各回应她的敲门声，把她吓得半死，隔天她就开始挂那些缎带和爱心了。你还不明白吗？她之所以想把死亡森林变成美丽的地方，是因为她很害怕，她不属于这里。"

"可是这里已经很美了。"高瑟叹息着说。

"普琳罗丝不这么觉得。"海瑟露出哀伤的笑容。

"海瑟，如果她真的想走，我不会逼她留下。当然，她想离开，我们就该让她离开，可是只要妈妈还活着就不行，她绝不会让普琳走的。你知道流着家族血液的女巫离开死亡森林会怎么样吗？永远回不来。我们必须清除她对我们和这个地方的记忆。"

"高瑟，妈妈走后，我们就能照自己的方式做了。"

"说的也是……大概吧。我们可以到时再决定要怎么做吗？一起决定？"

海瑟笑了："好吧，到时一起决定。"

第 **6** 章

黑色玻璃纸天空

高瑟、海瑟和普琳罗丝手牵手站在玻璃屋外，等待母亲出来告诉她们仪式的时间到了。空气中夹杂着一丝寒意，冷得三人不停打战，紧挨着彼此缩成一团。天空有如缀满细小光孔的黑色玻璃纸，一弯新月高挂上方，闪耀着晶亮，一切看起来好不真实，好像剪纸图案。最特别的是女巫月亮居然正巧在这天晚上出现，完美的新月配上那样的魔法，太完美，完美到不像真的。除此之外，周遭还弥漫着一种无以名状的感受。三姐妹觉得死亡森林似乎变得不太一样，但她们说不上来哪里不同。

　　"森林好像是活的，不晓得为什么，感觉是活的。"海瑟说。

　　"森林本来就是活的，我亲爱的海瑟。"

　　玛妮娅从玻璃屋里走出来迎接女儿。她的直长发如今整理成波浪大卷，巧妙编成又高又精致的发髻，上面还装饰着美丽的黄金花。三姐妹已经有好几年没见过母亲打扮得如此正式，她身穿裙摆及地的金色高腰礼服，长长的袖子在灯光下闪烁，皮肤也透着红润的光芒，好像用黄金花粉沐浴洗涤过一样。眼前的她似乎变得更年轻，身上还散发出一种前所未见的庄严感，看起来完全不像她们认识的妈妈。

"你老是有一大堆感觉，应该说，太多感觉了。你这个特质一直让我惴惴不安，但现在看来算是对你有利，你要相信自己的感觉，海瑟，感觉是你的指引。我从未见过有人能像你一样……你体内只有少许我的血，却能深刻感受他人的情绪，感知周遭世界的震荡，甚至感觉到死者。"

"死者？"普琳罗丝紧张地东张西望，想找出亡灵的身影，可是除了无尽的黑暗外什么也看不见。

"没错，我的宝贝女儿。死者。"玛妮娅将目光从困惑的三姐妹身上移开，望向浓密的森林，她的活死人正在那里等着，"过来吧，亲爱的，把我的孩子带过来，让这些孩子见见未来的冥后！"

那个高大怪诞、被玛妮娅唤作"亲爱的"的活死人，穿过漆黑的夜色帷幕，从阴影处走出来。他的裤子和长大衣有如破布般垂挂在瘦削的骨架上；光线从敞开的玻璃屋门溢散出去，让他紧绷在头骨表面的粗韧皮肤因反光而闪闪发亮。数不清的骷髅团团包围着他，数量之多，一路绵延到浓郁的森林深处。他们隐晦深沉、静默无声，几乎纹丝不动地站着，等待领袖发号施令。瘦长的活死人举起手示意属下让路，一片骷髅海就这样从中分开。三姐妹看不到迎面而来的是什么，只能听到一点声响，那是由微弱呜咽和细碎叽喳交织而成的合唱，充满恐惧的音调被啜泣声掩盖过去。

"快，快过来，我的小家伙。欢迎欢迎，过来见见未来的冥后吧！"

女巫三姐妹心里涌起一阵惊恐，她们终于看清那些走出黑暗的身影，是村里的孩子。孩子们紧靠着一个严重瘀伤的女人，拖着脚步慢慢穿过那片骷髅海。那个可怜的女人一脸茫然，露出饱受惊吓的表情，圆滚滚的眼睛不断扫视四周，试着消化眼前的场景。她似乎没有注意到孩子们全都害怕地挤在她身边，也没有察觉到他们的小手努力紧抓着她。

"那个女人……这些孩子……他们……他们是从村里来的吗？你……你杀了他们？"普琳罗丝语带颤抖，结结巴巴地问道。

"冷静一点，女儿。"玛妮娅漫不经心地回答。

"你这个禽兽不如的恶魔。"普琳罗丝用鄙夷的眼神瞪着母亲，轻蔑地说。

"不然你要我怎么样？所有活死人都要参加，这样他们才能跟你们结合、受你们约束哇。"

"他们才不是什么活死人！他们是小孩！被你杀死的小孩！你居然把他们当成娱乐消遣拿来游行展示。恶心死了！我不想再跟这些烂事扯上关系了！"普琳罗丝大吼。

"这是我们的天命，普琳罗丝！别再这么软弱了！你要接受我的血，帮你的姐妹维护家族传统。还有，永远不准离开死亡森林！懂了吗？好了，我不想听你说话了，一个字也不想。等轮到你诵念仪式咒语再说！"

普琳罗丝用惊恐和厌恶的眼神瞪着母亲，一句话也没说，玛妮娅愤怒的嗓音让那些死去的孩子哭得更厉害。

"一个字也不行，普琳罗丝，不然我一定会让这些孩子更痛苦。"

怒火和憎恶在普琳罗丝体内挣扎，但她还是硬生生把冲到嘴边的话吞了回去。

"普琳罗丝，把你的怒气转移到这里吧。"玛妮娅眼里闪着愤恨的光芒，伸出瘦削的手，指着站在孩子中间的一个女人，"如果她同意我提出的条件，这些孩子就不会在这里了。她一心只想和她的宝贝死者在一起，恨不得被死亡包围。好，我就成全她，让她永远与尸首为伍！是她的手沾满了这些孩子的血，不是我！"

"妈妈，拜托你住手！"海瑟苦苦哀求。玛妮娅像致命的毒蛇般飞快转头看着海瑟。

"你以为我喜欢杀小孩，把他们带来这里吗？终结如此年幼的生命违反自然，转化期对他们来说特别难熬，他们也很难接受自己死去的事实，海瑟。"

"可是他们很痛苦啊，妈妈，这太折磨人了。"

玛妮娅望向那个高大瘦长的活死人："亲爱的，死亡会痛吗？"

"不会，女王陛下，再也不痛了。"

"你看！没事啦！现在冷静。仪式结束后，这些孩子会被安置在墓穴里，如果没有授血仪式这类的特殊情况，他们就会一直沉睡到转化期才醒，这是惯例。"

"他们会知道自己在墓穴里吗？他们会很痛吗？"

"不会，海瑟，我的宝贝，完全不会。不过这个女人就不一样了，她宁愿牺牲孩子的生命也不肯同意我的条件，我会让她永世不得安宁。"

"高瑟，快阻止她！"普琳罗丝恳求妹妹出手。高瑟像石头一样僵在原地动也不动，只是默默望着这一幕，看妈妈接下来会怎么做。

海瑟紧握住普琳罗丝的手说："普琳罗丝，拜托你别再说了，如果你再把场面搞得这么夸张，妈妈就会对那些孩子做出可怕的事。"普琳罗丝的目光紧盯着母亲，似乎没有听到姐姐说的话，海瑟抓住普琳罗丝的肩膀轻轻摇晃："普琳，听我说！我保证，普琳，我保证一切都会没事的。"

"这种话你怎么说得出口？才不会没事，永远都好不起来了！"普琳罗丝压低声音说话，带着愤怒和恐惧猛摇头。"你相信我吗？"海瑟凝视着普琳罗丝的双眼问道。

"……相信。"

"那好，普琳罗丝，拜托，信我这一次。我保证，一切都会没事。"就在这个时候，四周突然爆出刺眼的金色光芒。

海瑟心想，会不会普琳罗丝说得对？或许一切永远好不起来了。

第 **7** 章

普琳罗丝之路

灿烂的金色光芒从玻璃屋里迸射出来，照亮了死亡森林，甚至比传说中的众神灯塔更耀眼、更壮丽。森林边界外同样看得到金光，附近的村民心里不免一阵害怕。

　　海瑟、高瑟和普琳罗丝三人面向母亲，站在房间正中央。玻璃屋外聚集了许多骷髅面孔，好奇地注视着她们。三姐妹从未见过死亡森林这么活泼、生气蓬勃，也从未见过母亲如此庄重，散发出尊贵的气息。

　　玛妮娅的皮肤透着黄金花的璀璨光芒，她伸手拿取用银色长链系在皮带上的小镰刀，接着深深割开手掌。鲜血沿着她骨瘦如柴的细长手臂流下来，滴落在金色礼服上，三姐妹紧盯着妈妈，眼神里杂糅着惊叹与恐惧。

　　"我的女儿！从今晚开始，至我逝去之时，那些在死亡森林中受苦的亡魂都会因我的血而受你们约束！"

　　玛妮娅将发丝塞到耳后，把血涂在前额和头发上，她高举双手，打开天窗，缀满银色小光孔的漆黑夜空就这样呈现在眼前。"孩子，把手给我。"女巫三姐妹伸出颤抖的手，将手心朝上。"手放在一起！"玛妮娅厉声喝道，三人赶紧照母亲的话做，将彼此的手微微交叠在一起。她们还来不及反应，玛妮娅就以飞快的速度粗鲁地划下一刀，割开了她们的手掌。普琳罗丝放声尖叫，急忙把手抽回来压住胸口。鲜血染红了礼服上半身。

玛妮娅把一个银色大碗放到地上，盛接海瑟与高瑟的血，和她自己的血相混："普琳罗丝，你得把你的血跟我们的混在一起。"

"不行，妈妈，我做不到！"普琳罗丝紧抓着手，无声地哭泣。

玛妮娅一把攫住普琳罗丝的手，将血挤到碗中，母女四人的血终于混合在一起，拿起碗说："现在退后！"

玛妮娅将银碗高举过头，献给黑暗的苍穹。就在这时，鲜血突然爆炸，四周笼罩着绯红色光芒；血珠缓缓飘出天窗，渗进云里，将云朵和繁星染成深深的血红色，看起来就像闪耀的红宝石碎片。

玛妮娅把碗放下，伸出细长瘦削的手指，从指尖迸射出闪电，魔法的力量让她的双手不停发抖。刹那间，云层猛然炸开，降下豆大的血雨，落在死亡森林、女巫和活死人身上。

"这些血会让亡者和我们绑在一起，我们四个，直到永远！"

普琳罗丝的尖叫声划破天际，她倒在地上失控大哭，每抽噎一次，身体就会剧烈颤抖。

"不行！我做不到！"

"普琳，冷静点，拜托！"高瑟把姐姐扶起来，紧抓住她的手臂。

"对不起，高瑟，我真的做不到！我以为我可以，我尽力了，真的。"普琳罗丝脸上带着斑斑血迹，看起来吓坏了。

"闭嘴！"玛妮娅粗暴地单手拽着普琳罗丝的头发，同时用沾满鲜血那只手遮住她嘴巴，"你要接受我的血！"玛妮娅放声大吼，普琳罗丝则动来动去，试图反抗母亲。可是玛妮娅力气太大、太强了，普琳罗丝被压在地上，玛妮娅沾血的手依旧紧捂着她的嘴，闷住她的尖叫声，她用力乱踢，想挣脱母亲的钳制。海瑟和高瑟在旁吓得四肢麻痹，站在原地无法动弹。

玛妮娅站起来抹抹脸，俯视呈"大"字形躺在地上的二女儿说:"普琳罗丝,你以为我读不透你的心吗?看看你!软弱到连接受我的血都不行!你真可悲!就连你的姐妹也看得出你的缺点,就连她们都考虑要让你离开死亡森林,因为她们知道你只会扯她们后腿!好,干脆一次解决,省得她们看到你离开伤心!"玛妮娅伸出细瘦的手攥住空气,用力握紧,然后普琳罗丝抓住自己的喉咙,开始拼命咳嗽。

高瑟不敢相信自己的眼睛。妈妈打算杀了普琳罗丝。

"妈妈,快住手!"海瑟大叫。玛妮娅举起手朝海瑟的方向一挥,将她猛扔到房间另一端,直直冲破一扇玻璃窗,玻璃碎成小片,和海瑟的血混杂在一起。"海瑟!"此刻的高瑟觉得好无助、好害怕,她不知道该先冲去救哪个姐姐才好?海瑟,还是普琳罗丝?

普琳罗丝快死了,她的脸转为青紫,感觉正濒临死亡边缘,在现实和陨灭迷雾之间徘徊。高瑟不知道该怎么阻止妈妈,她还没接受妈妈的血,也没有能力施展魔法。就在这时,她想到了黄金花!妈妈的珍宝!

她抓起一盏挂在房间挂钩上的油灯,对着母亲大喊:"妈妈,快住手!不然我就把这些全都烧掉!"

玛妮娅突然停止动作,将目光从普琳罗丝身上移开,抬起头，发现高瑟拿着油灯站在黄金花中央："高瑟，别这样！你会把我们全都害死！快把灯放下！"

"你先放开普琳罗丝！"

"拿去！把你可悲的姐姐带走！我不要她了！"玛妮娅用力一丢，普琳罗丝血淋淋的躯体软软地瘫在地上，"趁我还没改变主意前快把她带走，不然我就杀了你们三个！给我滚出去！滚！"

"普琳，你能走吗？我们快离开吧！"高瑟冲到普琳罗丝旁边试着叫醒她。

普琳罗丝站了起来，在高瑟的搀扶下摇摇晃晃走到玻璃屋外，海瑟就躺在那里。玛妮娅动也不动地站在窗边冷眼旁观，等着看高瑟会怎么做。

"海瑟，你没事吧？"高瑟一边撑起满身是血、伤痕累累的海瑟，一边留意母亲的动静，"妈妈，你最好别动，不然我就不客气了！"高瑟尽可能用命令的语气说。

三姐妹就这样站在那里盯着妈妈，感觉过了好久，久到像永远那么久。高瑟忍不住心想：她们三个不晓得看起来是什么模样，是害怕吗？妈妈会觉得我很勇敢吗？但无论妈妈怎么想，她那张冷酷无情的脸上没有泄露一丝线索，或许她比我们更害怕。

"你必须杀了她才行。"海瑟用气音说。

"一定要！"普琳罗丝抓着瘀青的脖子附和道。

"闭嘴，你们这些阴险的小人！"玛妮娅大喊，随即用魔法让海瑟和普琳罗丝飞到空中，撞向一棵大树，将树干砸个粉碎。

"妈妈，求求你住手！不要杀我们！"

玛妮娅脸色大变，看起来就像一只想发出怪声的动物，"杀你？高瑟，不可能！我绝不会伤害你！我讲的话你都没听进去吗？你不是有看我的日记吗？伤害你就等于伤害我自己！就算我想，我也绝不会伤害你！"

"那放过我姐姐吧，拜托！不要再伤害她们了！"

"姐姐？"玛妮娅冷笑了一声，"哈！高瑟，她们对你来说什么也不是。海瑟还算有前途，我希望她能成为你在魔法世界的同伴，成为你的指引，帮助你去感受。因为你的心和我的太像，太黑了。海瑟能改善、提升你的心灵。普琳罗丝嘛，我觉得她能让你在研读魔法之余休息一下，让生活不要那么单调、那么辛苦。就这样，她们的价值仅止于此。至于你，高瑟，你是我的！"

"既然这样，拜托你不要伤我的心，求你饶她们一命！"

"太迟了。普琳罗丝绝不会想继续留在死亡森林，海瑟则会说服你让她走，危及我们的家园，危及一切！我不能任由这种事发生。我不能让她们毁掉女巫家族在这里孕育创造的世界。将来这些都会属于你！很抱歉，亲爱的，她们非死不可。"

"不，妈妈！非死不可的是你！"高瑟将油灯用力扔进玻璃屋里，一簇簇黄金花顿时陷入火海。

"高瑟！你做了什么！"玛妮娅变出一道防护罩，保护自己不被火舌攻击。"高瑟，不行！快救黄金花！"玛妮娅失声惊呼，黄金花不断燃烧，她的身体开始萎缩衰老，越来越干枯，甚至迸碎为粉屑，她痛苦地大叫，"高瑟！快救黄金花！"

炽热的烈焰吞噬了玻璃屋。高瑟看到妈妈崩裂四散、化为尘土，连忙赶在屋子坍塌前抓了一株黄金花，惊恐地望着妈妈逐渐枯萎，缩成干瘪的外壳，整个人瓦解。

"高瑟，救我！"妈妈放声尖叫，在她面前灰飞烟灭。

妈妈死了，妈妈死了！高瑟的头好晕，她自己的做法居然摧毁了妈妈，她好后悔，好希望时间能倒转，她想和妈妈讲道理、劝劝她、给她机会，可是来不及了。一切都毁了，变成一片废墟。

姐姐！

高瑟从燃烧的玻璃屋跑进死亡森林，从被鲜血浸透的活死人大军身旁飞奔而过，冲进林间，一边喊着姐姐的名字，一边寻找熟悉的身影，好怕她们早已命丧在母亲手里，"普琳罗丝！海瑟！你们在哪里？"

"你们有看到我姐姐吗？"高瑟乞求阴郁的活死人帮她找，却只得到空洞的表情作为回应，他只是凝视着她，看起来好像根本没注意到他们的女主人已经死了。雅各呢？雅各在哪里？"雅各！普琳罗丝！海瑟！"她一遍又一遍地大喊，在只有远处燃烧的玻璃屋与黄金花光芒的引导下，跑进无边的黑暗里。

第 **8** 章

高瑟的计划

高瑟独自一人站在藏书室外的阳台上，眺望焚毁的玻璃屋，屋子还在闷燃，飘出缕缕青烟。这是个清冷的早晨，林间满是灰白的余烟和灰烬，枯树顶端的枝丫在浓雾中若隐若现。死亡森林一片寂静，一如既往，只是那天感觉起来比平常更不自然。妈妈死去的可怕画面在高瑟脑海中挥之不去，不管她怎么努力，就是甩不掉那些恐怖的影像，妈妈痛苦尖叫、脸孔碎为尘土的模样不断浮现在她眼前。她这辈子从未目睹过这么骇人的事，脑海中不停想着：是我害的，是我杀了自己的妈妈……她无法想象那种死法是什么感觉，一阵战栗顿时窜遍全身。她觉得好想吐，好像被困在这个躯壳里，永远逃离不了这些愧疚与恐惧，她想去烧毁的玻璃屋寻找妈妈的残骸，把那些仅存的碎片放在安全的地方，可是身体却不听使唤，没有勇气动起来。她好害怕，不晓得该怎么办，她和海瑟没有摄入妈妈的血，只有普琳罗丝有，而且是被逼的。高瑟没有得到母亲的魔法力量，她不仅失去了保护，也没有防卫能力，她们三姐妹只能靠自己，必须确保她们安全无虞。

"高瑟，你到底有没有睡啊？"是海瑟，她正站在阳台的门槛上，"进来吧，外面很冷。"

"我没办法。"

"什么叫你没办法？快点进来。"海瑟踏上阳台走向高瑟，发现她正凝望着玻璃屋的残垣，"她不会从灰烬中重生的，高瑟，黄金花都被烧光了。"

"没有烧光。"高瑟从洋装口袋里掏出一朵小花。

"一朵花应该不足以让她复活吧？"海瑟发问，而且害怕母亲的灵魂会利用这朵花，以某种方式重返人间。

"我不担心妈妈复活，我担心的是我们。担心没有她、她的血和她的魔力，我们会活不下去。"高瑟站在原地看着下方闷燃的灰烬，看了好一阵子后说，"海瑟，昨晚我以为自己会永远失去你们，你和普琳罗丝。发现你们静静躺在黑暗中动也不动，我真的吓坏了，以为你们真的死了。"

"可是我们没事呀，高瑟。我们回家了，三姐妹在一起，永不分离。"

高瑟露出微笑。这时，她猛然想起一件事："等等！普琳罗丝！她有妈妈的血，至少有一点。等她身体复原后，我们可以再做一次仪式，这样我们就能保护自己了！"

"高瑟，我们不能再让她经历那种事了！妈妈对她造成的伤害还不够吗？我们昨晚遭遇的还不够吗？"

"我们没得选，海瑟！我们非做不可！你没看到妈妈的下场！她的死法很可怕，要是我们不重新栽种这朵花、学会妈妈的魔法，我们就会跟她一样！"

"或者我们可以毁掉那朵花，毁掉整片森林，然后头也不回地离开，过着没有魔法的正常生活。留在这里完全没意义，高瑟，一点意义都没有！妈妈已经死了，没有魔法可以学了！"

"普琳罗丝的身上有一点魔法的力量！妈妈逼她喝下她的血，海瑟，说不定这样就够了！答应我，千万不要放弃，算我求你，等普琳罗丝好一点，我们就跟她讨论看看。我保证，如果她不同意，我们就不做，我绝对不会强迫她。"

"就算她同意，我们也不知道怎么进行仪式呀！"

"妈妈的藏书还在，她的咒语，她的历史，还有我们祖先的历史，全都还在！我可以重新栽种这朵黄金花，我们可以重新开始，过想要的生活，好不好？"

"好吧，高瑟，只要普琳罗丝不介意重启仪式就好。"

"什么仪式？"是普琳罗丝，她站在藏书室中央，悬于屋椽上的巨型蝙蝠石像在她所站之处投下深沉的暗影，穿着雪白睡袍的她看起来很憔悴，脖子及脸部的割伤和瘀青在苍白的肤色衬托下格外显眼。

"普琳！你怎么起来了？"海瑟跑向妹妹，语气中流露出一丝责备。

"我没事，海瑟，真的。你们两个在聊什么？"

海瑟和高瑟只是默默看着普琳罗丝，她们觉得现在谈这个太早，也知道普琳罗丝还没准备好面对这件事。

"嗯？说呀！"普琳罗丝很坚持。

"没什么，普琳，我们晚点再聊，现在先下楼吃早餐吧。"海瑟拍拍她的手说。

"不要，我现在就要知道你们在聊什么！"普琳罗丝双手叉腰，脸上露出"我非常认真"的招牌表情。

"我和高瑟在讨论几个选择。"

"什么选择？"普琳罗丝开始不耐烦了。

"留在死亡森林，或是搬到外面的世界。"海瑟一边说，一边看向高瑟。

"当然是离开啊！我不想留在这里！留下来干吗呀？"普琳罗丝说。高瑟叹了一口气。

"等等，你该不会想留下来吧？"普琳罗丝用嘲讽的语调说，"哦，你当然想留下来啦！你想留就随便你！爱留多久就留多久，留到永远也不关我的事，不过我要离开！我猜海瑟也想跟我一起走！"

"海瑟想跟我一起待在这里，普琳。我希望你也能留下来，我需要你们，两个都要。"高瑟尽可能用温柔的语气说话，不想让已经暴怒的姐姐更火大。

"普琳，高瑟希望你能和我们分享妈妈的血，这样我们三个就都有她的魔力了。至少有一点。"

"哦，是吗？所以你才需要我？为了妈妈的血！高瑟，你究竟是怎么了？你到底有什么毛病？好！我会跟你们分享妈妈的血，但我不会留下来。我不想留在一个住着死去孩子的地方！我不想留在这里看着你们变得和妈妈一样！我不想跟你们脑中恶心的幻想扯上任何关系，什么三姐妹一起当女巫，什么施展魔法，控制森林里的活死人！那些是小孩啊！死掉的小孩！高瑟，你昨晚找到我和海瑟后，你以为我没看到你是怎么命令他们进入墓穴的吗？还有他们服从命令时你脸上露出的表情，你以为我没看到吗？你看起来就和妈妈没两样，一模一样！我不想，也不会留在这里看着你一天比一天更像她！"

"那你为什么要跟我分享她的血，普琳？你为什么不现在就走？"

"为什么？因为我需要你找出让我离开这里的咒语！因为我知道不管我怎么求你，你都不会跟我走！虽然我真的很想恨你，可是我做不到！我爱你，高瑟，我不会让你毫无防卫地留在这里，什么也没有。现在快去翻妈妈的书，搞懂仪式的步骤。"

"现在？"高瑟大为震惊。事情不该是这样，她还没准备好失去普琳罗丝，她还没准备好说再见，而且不是在普琳罗丝讨厌她的这种情况下。

"对，现在！我们今晚就做。"普琳罗丝厉声喝道。

"这样时间不够，普琳！"高瑟说。

"那你最好快一点，因为不管怎么样，我午夜就要走，就算得用妈妈的魔力炸开玫瑰丛也一样！"普琳罗丝立刻转身，准备离开藏书室。

"普琳，等等！时间不够，拜托！"高瑟百般恳求。

"高瑟，你比自己想的还要像妈妈。你不在乎我要走，只在乎自己来不及在我离开前搞清楚该死的仪式要怎么做。"普琳罗丝冷笑着说，然后用力甩上门离开藏书室，只留下惊愕又不知所措的高瑟。

"不是这样！我不是那个意思！我没有只在乎咒语，不在乎她离开！"

"我不知道，高瑟，我要去找普琳了。祝你顺利找到咒语。"泪水沿着海瑟的脸颊滑落。高瑟一个人孤零零地站在藏书室里，内心涌起一阵恶寒。会不会姐姐说对了？

她真的很像妈妈？

不对！她们是姐妹。永不分离。不是说好了吗？是普琳罗丝打破了这个誓言，是普琳罗丝毁了一切！

高瑟抓起挂在皮椅（那是她最喜欢的椅子）椅背上的斗篷，披上身，走出藏书室。那天早上，石砌宅邸冷风刺骨，她可以感受到石地板的寒气穿透她的室内拖鞋。那是死亡的寒气，她不喜欢这种感觉。高瑟心想，得买几张地毯和挂毯才行。她一直不懂妈妈为什么没想过要把家里弄得舒服一点？为什么甘于住在这种寒冷荒芜的地方，活在处处都有夜兽暗中注视的阴影里？

说不定只要把这里弄得像真正的家，普琳罗丝就会留下来了。普琳罗丝爱买什么就买什么，如果可以把这里变成温暖的家，一个她不想离开的美丽地方，也许她会再度快乐起来。

大概吧。

高瑟上楼走到妈妈房间。房里一片阴暗，窗帘全都拉了起来，外头的寒意和薄雾让房间变得很潮湿，走进妈妈房间的感觉很奇怪，空气中弥漫着一股凝滞的霉味，还夹杂着一丝妈妈的味道。高瑟觉得有点恶心想吐，她发觉自己从来没有花时间待过这里，挂在四柱床上的深绯红色薄帘幕让房间变得更暗，她几乎能看见妈妈睡在床上，不对，那只是光影罢了。高瑟深呼吸，仔细环顾四周，想把母亲的身影赶出脑海，妈妈的房间就和屋子里其他地方一样空荡荡的，除了那张四柱床、窗边的书桌和床头的小圆桌以外，什么都没有，没有镜子，也没有家具，只有飕飕的冷风。空空的房间看起来好悲伤，高瑟差点忘了自己上楼的原因——寻找钥匙。

大概在书桌里吧。高瑟走向书桌，拉开中间的小抽屉，金库的钥匙就躺在那里，她把钥匙放进斗篷口袋，快步离开房间，她再也待不下去了，她觉得房间里似乎有人在看她，好像妈妈就在那里，叫她滚出去。

走出房门时，高瑟回头看了四柱床一眼。那瞬间，她还以为自己看到妈妈站在床尾，眼里闪着愤怒的火光。

"你在干吗?"海瑟站在门口问道。

"什么？哦！是你啊，海瑟。"

"怎么了，高瑟？你看到什么了吗?"

"我以为……算了，没事。普琳还好吗?"

"她很好。高瑟，她是认真的，她想离开这里。"

"我知道，不过我有个计划。"高瑟微笑着说。

"我就知道，你觉得会有用吗?"海瑟也笑了。

"希望有！我真的很希望普琳罗丝留下。不是因为我想接妈妈的位置，是因为我爱你们。我们发过誓，三姐妹，永不分离。"

"那你最好跟我说说这个计划，有什么我能帮忙的吗?"

第 **9** 章

钥匙

高瑟、海瑟和普琳罗丝站在死亡森林边界，三姐妹很少来到离玫瑰丛这么近的地方，她们看着远处的村庄，忍不住想，不晓得那些村民是怎么看待可怕的死亡森林女巫的。

　　"高瑟，你确定吗？"普琳罗丝问道。

　　"确定。你看！"高瑟手里拿着妈妈的书，翻开的书页上写着开启玫瑰丛通道的咒语，"我们有看过她用，普琳。她紧握拳头的样子就跟书上画的插图一样，你看！就像这样！"

　　"我看到了！可是我到底该怎么做啊？"

　　"集中精神！专心想着你要完成的事，想象那颗发光的红色小球打开玫瑰丛。"

　　"高瑟，我没什么把握啊。"

　　"拜托，普琳！你到底想不想离开这里？想不想看看外面的世界？我们不是讨论过了，我希望你把森林变得很美，变成你想待一辈子的地方。我们这一生都住在无聊的女巫宅邸里，但那不是家，妈妈一心只想着魔法，根本没有好好照顾房子。普琳，我希望你能用缤纷的色彩装饰，让我们家变得更活泼、更漂亮，我希望你能喜欢这个家。"

"你是怎么啦？"普琳罗丝笑了起来。

"什么意思？"

"普琳，高瑟是因为很爱我们才希望我们留下，"海瑟微笑看着两个妹妹，"她想守住我们的誓言：三姐妹，永不分离。再说她也想为我们打造一个美丽的家，而要达成这个目标的唯一方法，就是穿过玫瑰丛。"

"真的，普琳！那些都是我的真心话！"

"我知道，我看得出来。只是……"

"只是怎么样？"

"你好像又变成从前那个你了。那个我最爱的高瑟，就这样。"普琳罗丝做了一个深呼吸，"好了，来试试咒语吧。所以，是这样吗？"她看着高瑟手上的书，模仿咒语书上的插图，把手握紧。

"对，就是那样。现在集中思绪，专心创造一颗可以用来打开玫瑰丛的红球。"

"好。"普琳罗丝嘴上附和，内心仍充满怀疑，不确定这么做到底有没有用。她伸出手，抓住某个隐形的物体，"哇！我感觉到什么了！一个小小的东西，可是我看不见，你们有看到吗？"

"太棒了普琳！你感觉到球在你手里吗？"高瑟兴奋地问道。

"对！"普琳罗丝笑着回答，很开心咒语奏效。

"普琳，把球形象化，变成真的！"高瑟说。

普琳罗丝手里浮现一颗发光的小球，球体由缕缕银雾交织而成，看起来和烟差不多。

"嘿！你们看！我变出东西了！我该丢吗？要丢吗？"普琳罗丝急匆匆地问，生怕自己握太久。

"先不要！把球想得大一点，而且要红色的！"高瑟用鼓励的语气说。

普琳罗丝绷起脸，双颊因为用力而涨红、爆出青筋，"不行！没办法变成红色！"

"专心，普琳！专心！"高瑟说。

"哎哟！"普琳不小心像妈妈那晚打开通道那样轻挥手腕，烟雾状的银色小球就这样飞向玫瑰丛，在撞击的瞬间消散无踪。

"普琳!"

"对不起，我尽力了，真的。可是球变得好烫，我抓不住。"

"没关系，我们再试一次。"高瑟决心要让咒语发挥效用。

"晚点再试吧，高瑟，普琳累了。"

高瑟叹了口气："普琳，你愿意尝试我真的很高兴。别担心，我们一定会搞懂咒语，找出离开森林的办法。我保证，我们先吃早餐吧。"三姐妹踏过长长的垂柳步道，途经颓毁的玻璃屋，朝山丘上的宅邸走去，"我在想，或许我们该处理一下妈妈的骨灰。"

普琳罗丝对高瑟抛了一个反对的眼神，海瑟却回应了，"我觉得高瑟说得对。我们应该让她安息，我们可以在玻璃屋旧址盖个什么，什么美丽的东西，这样经过时就不会想到那个可怕的夜晚了。"

"你说得对，海瑟，这个主意很棒。"普琳罗丝说。

"好啦，有人要吃早餐吗？有英式松饼喔。"海瑟抢在妹妹前头走回家。

承载着母亲回忆的女巫宅邸看起来好沉重。高瑟更加确定让普琳罗丝随心所欲装潢房子的决定没错，因为这样姐姐不但能陪在她身边，她也能有更多时间研究授血仪式，更何况普琳罗丝已经同意留下来了，现在只需要琢磨透打开玫瑰丛的方法，好让她们能买齐所需的物品，然后将阴郁黯淡的大宅变成温暖的家，一个她和姐姐能永远住在一起的家。

女巫三姐妹坐在饭厅的深色樱桃木长桌旁，墙壁与拱廊上的乌鸦雕刻是这个冷清空间里唯一的装饰，大大的石头壁炉内燃着熊熊火光，两座看起来像枯树、枝上还栖息着乌鸦的巨型雕像支撑着炉架。饭厅又深又广，非常宽敞，而且窗户很多，所以易受风霜雪雨侵袭，也能眺望死亡森林和活死人墓地。放眼望去，只见灰色的天空、黑色的树木和白色的墓碑，尽是一片荒凉，三姐妹就这样坐在那里默默盯着盘中的英式松饼，上头散乱着窗外吹进来的枯叶。没有人动松饼，旁边的榛果奶油和果酱也完好如初。

"我们一定要弄清楚怎么打开玫瑰丛，虽然食物储藏室目前很满，但总会到该补充的时候。"海瑟说。

"我连妈妈是去哪里买东西都不知道。我的意思是，我不记得她有离开过死亡森林啊，你们有印象吗？"

"我也很纳闷。你们觉得那个高高的活死人雅各会知道吗？"高瑟问道。

"不晓得啊，高瑟。我是绝对不想再把他们叫醒了。"普琳罗丝回答，总算拿了一个松饼放在镶着银边的灰色小盘里。

"嗯，了解。"高瑟说。其实她的想法和姐姐完全相反，只是不想说出来惹她生气，于是迅速转移话题，聊起翻修宅邸的事，"你们不觉得这些窗户应该装百叶窗吗？我不懂妈妈为什么把饭厅弄得这么没隐私。普琳，你觉得呢？百叶窗怎么样？"

"百叶窗这个点子很棒啊，想让光线进来就可以打开。"

"对啊！我在想，我要去找妈妈的日记，看看里面有没有写关于玫瑰丛的事，还有她是去哪里买食物和其他日用品的。海瑟，你可以清点一下存货，列出清单，算算目前的生活物资可以用多久吗？"

"好主意！"海瑟说。

"对了，普琳，你要不要到处走走看看，把装潢要用的东西记下来？家具、窗帘、雕像、挂画……想买什么就买什么，你说了算。"

"我们的钱真的够吗？"普琳罗丝问道。

"高瑟有钥匙。"海瑟回答。

"钥匙?"

"对，能拿到妈妈财产的钥匙。"

"我猜现在是我们的财产了。"高瑟笑着说，她一直在想那些钱究竟是怎么来的，而且似乎永远用不完，"姐姐，别担心。我们一定会把这里的生活变得很美好，我们一定会把这里变成真正的家。"

第 **10** 章

冥爵雅各

高瑟踏上一条蜿蜒狭长的小路，这条路从玻璃屋通往浓密的森林深处，也就是三姐妹称为"亡者之城"的地方。她刚才一直在母亲的藏书堆中研究穿越玫瑰丛的方法，看书看了好几个小时，觉得出来伸伸腿舒展舒展筋骨也不错，再说心底似乎有个声音告诉她，雅各有她所需的答案。她沿着小路前进，路边伫立着许多墓碑和地下圣堂，绵延无尽，创造出类似迷宫的格局。那天没有风，所以垂柳的枝丫静止不动，遮住了灰蒙蒙的天空，光线几乎透不过来。

　　高瑟走向雅各的地下圣堂，散落在小路上的枯叶和残枝在她脚下嘎吱作响，她听由双脚带着自己直走到圣堂门口，仿佛她的脚一直都知道雅各的安息处。雅各的地下圣堂是亡者之城里最大最美的墓穴，不仅有彩绘玻璃窗，石门右边还有哭泣天使像，与其说那里是坟墓，不如说是一栋小屋。她心想，不晓得雅各有没有把那里当成自己的家？不晓得他怎么打发时间？她想象他点了一支蜡烛坐在小圆桌旁，写情书给母亲。

天啊，我在这里干吗？

高瑟很清楚，如果海瑟和普琳罗丝发现她来找雅各一定会不高兴，但她内心深处有个声音，雅各就是解开谜团的关键。况且他现在受三姐妹约束，必须如实回答她的问题，至少她母亲的书上是这么说的。玛妮娅的日记里有个很有意思的段落提到他的名字：雅各爵士。知道他的名字就能控制他。知道他的名字就能不受其所伤。根据书里的描述，雅各不像其他被死亡森林女巫束缚的活死人，他不太一样，高瑟想知道到底哪里不同。

母亲称这名活死人为"亲爱的"，高瑟突然意识到，母亲或许真的爱着这个男人。

她有好多事情不知道，有好多问题想问妈妈。玛妮娅多年来都没尽到做母亲的责任，一心只想着魔法，完全忽略了女儿，高瑟和姐姐只能自己在森林里游荡，现在母亲死了，没有把魔法传授给女儿，没有人能接替她的位置。高瑟突然一阵内疚，因为是她杀了母亲，更葬送了整个家族和女巫的延续。

高瑟站在雅各的地下圣堂前，彩绘玻璃窗上画着一位天使坐在石门口的大理石板上，头垂进臂弯里哭泣，平贴在天使身上的翅膀替可怜的天使增添了一点尊严与庄重。高瑟以前从来没注意到这个天使有一头长发、身材苗条，看起来有点像妈妈，看到貌似妈妈的雕像在哭感觉好诡异。从出生直到先前的夜晚，那个妈妈死去的夜晚，高瑟从来没见过妈妈掉泪，有很多事情都不清楚，甚至不晓得妈妈是去哪里买食物，也不晓得妈妈如何施展魔法。除了书上提到的东西外，高瑟对妈妈一无所知，说不定她是趁三姐妹晚上睡觉时溜出森林；说不定她有另一个高瑟完全不知道的人生。当然，她并没有和三姐妹分享秘密生活，只是偶尔用一些小礼物哄她们，吸引她们的注意。可是她究竟是从哪里得到这些东西的？像是普琳的剪刀和海瑟的羊皮纸？她显然经常为了这些小东西离开死亡森林。她的生命中真的只有魔法，没有其他东西吗？除了巫术、种花、死亡和复活之外，什么都没有？高瑟叹了口气，敲敲地下圣堂大门。或许雅各会知道吧。

"雅各爵士，起来。你的女王需要你。"

圣堂大门缓缓敞开，石头摩擦的声音让高瑟如坐针毡，她咬紧牙关，奇怪的刺痛感在体内流窜，让她有种被困在身体里的感觉。

雅各走出地下圣堂，拖着脚在枯叶和细枝间蹒跚前进，他比高瑟想象得还要高，头骨似乎也比一般男性大得多，而且身材魁梧，光是手掌就比她的大两倍以上。她很好奇雅各生前的长相，想必有张又长又窄的脸、高高的颧骨和一双完好无损的湛蓝色眼睛。虽然如今已成一片白浊。

　　"是的，女王陛下之女，有什么能为你效劳的吗？"雅各的嗓音听起来很人性化，有种镇静抚慰的效果。

　　"雅各爵士，我有些问题要问你，因为妈妈还来不及教我们，她就死了，我们不知道……"

　　"你不用说了，我明白，你母亲知道万一她出了什么事，你会来找我。所以第一步是要让她安息，她被困在森林里等待释放，进入陨灭迷雾，你的祖先都在那里等你举行仪式，把她的灵魂送过去。"

　　"他们在这里等？"

　　"是的。"

　　"他们很气我杀了妈妈吗？"

　　"这不容我置喙，小女巫。不过他们同意让你用母亲的灵魂来换取所需的智慧，好让你在死亡森林中继续生存、壮大繁盛。对他们而言，重要的是承续传统，不是复仇。你母亲在这个世界上待了很久，不算夭亡。但如果你要取代她统治这里，确实需要她的血和她的知识。"

"可是她被大火烧死，血都流光了。"

"不尽然，小女巫。你口袋里的钥匙能打开金库，里面除了钱以外还有其他东西：一个宝箱，里面放着你母亲的血和她的咒语书，上面有摄血的步骤。宝箱藏在一扇暗门后方，推开从上面数的第七块石头，就能找到。不过血只给你，高瑟，不能和你姐姐分享，这是你母亲的命令。"

"不管妈妈有什么命令都不重要！"

雅各微微点头。"我受你约束，无论如何都要听你的吩咐。我只能提出建议，你不必接受。"

"你跟我妈妈是什么关系？"

"那是我和你母亲之间的事，小女巫。"雅各脸上扬起一抹像是歪斜又悲伤的微笑。

"对不起，雅各，我不该问这个。"

"没关系，小女巫，还有别的问题吗？"雅各再度露出那种类似冷笑的表情。高瑟看着看着开始明白，原来他脸上的皮肤非常紧绷，所以他只要微笑或是说话就会扭曲，虽然奇怪，却很迷人。高瑟又忍不住想，这个男人活着的时候是什么模样。

"你知道妈妈是怎么离开森林去买家里需要的物品吗？像是食物和日用品之类的东西？"她猛然意识到自己盯着雅各看了很久，连忙开口。

"那些东西是邻村一个替我们工作了好几代的家族送来的，他们每逢新月都会带补给品过来。你想要什么就告诉我，我会请他们准备。"

"所以她从来没离开过死亡森林？"

"据我所知，从来没有。"

"那你呢？你是怎么离开的？"

"你母亲为我创造了一条无形的通道，让我随心所欲自由来去。那条通道除了我之外其他人都不能用，你想要什么呢？"

"我想带姐姐们去外面的世界，替房子添购家具，我想把家里变得很漂亮，这样她们就会留下来了。"

"我会帮你处理，高瑟，交给我就好。千万不要尝试离开死亡森林，你不能越过玫瑰丛，这就是我在这里的原因，这里才是你的归属。"

就在这个时候，雅各的身体不断抽搐，说话语无伦次："驻军骑士远在后方，吾寻不着神秘音嗓。冥王恶气嘲讽不休，未知音嗓隐匿依旧。"

"什么？你在说什么？雅各爵士，怎么了？"

"高瑟！你背叛我！若不是祖先会震怒，我一定会让死亡森林苏醒，毁掉你和你最亲爱的姐姐！但是我不愿失去家族里的地位，也不愿永远束缚在这片土地上，看见你们三姐妹死去的满足感，还不值得我永堕地狱受罚。"

"妈妈？"

"没错，我黑心又邪恶的孩子。"

"我是无心的！是你打算杀了海瑟和普琳罗丝！"

"等你化为灰烬，跟我和祖先一样进入陨灭迷雾，我们再来好好解决这件事，现在不是时候。现在我们必须让你做好准备，继承冥后的位置，你要做的第一件事，就是在黄金花死去前重新栽植，然后释放我的灵魂，让我进入迷雾。"

"我要怎么向海瑟和普琳解释？她们根本不希望我来找雅各爵士。要是她们知道我和你讲话，一定会很生气很难过。"

"高瑟！你是死亡森林的冥后！你的姐姐怎么想不重要！"

"对我来说很重要！我想和她们在一起，我想让她们开心。"

"我听说了。你还真聪明，为了普琳而将房子弄得美美的，这样她和海瑟就会留下来和你在一起，你仍天真地以为这么做就可以得到姐姐的爱。我喜欢，高瑟，你就继续这样想吧，她们也会相信你这些自欺欺人的谎言。至于和普琳罗丝一起举行仪式的计划就算了吧，她体内的血不足以扭转现况。去把我藏在金库的血拿出来用在自己身上，如果你希望她们留下，那你就要隐藏真实的自我，正如这些日子以来的那样，如果你和她们分享我的血，你就做不到这一点。"

"可是我希望她们能永远和我在一起！"

"她们会的，高瑟，借由黄金花的力量，这就是我们能如此长寿的原因。"

"可是巫术不是靠黄金花……"

"你很聪明，高瑟，跟我一样。你会从我的血、我的书和祖先的智慧中学到所需的一切。听着，就算我已经死了，我还是最懂。"

"知道了，妈妈。"

"很好，现在去种花吧。雅各会打点日常俗务，种好之后，我就教你怎么把我送进陨灭迷雾。"

高瑟拿出斗篷口袋里的黄金花看了看。感谢众神，花没有枯萎。

"黄金花的寿命比其他摘剪下来的花长，但还是要尽快栽种，不能拖太久。去吧，雅各办事你放心，我们两个都会在这里等你。"

高瑟转身要走，玛妮娅又叫住她，"喔，对了，高瑟，那不只是光影而已。"

"什么？"

"你会在房间里看到我，在雕像里看到我。如果你没有在祖先离开前释放我的灵魂，我就会一直缠着你，直到你的生命尽头。我会把这里变成活生生的地狱，你和你姐姐都无法幸免。"

"别担心，妈妈。我一定会送你进入陨灭迷雾。"

"好孩子。"

高瑟慢慢走回宅邸，她得好好想想，该怎么跟海瑟和普琳罗丝说明这一切。那天的死亡森林好凝滞、好安静，光线被浓浓的雾霭遮蔽，高瑟觉得自己被困住了，那些该做的事压得她喘不过气。重新种花、送妈妈进入陨灭迷雾、向姐姐说明、学习妈妈的魔法……

一次做一件事吧。先种黄金花。

高瑟终于从亡者之城走出来，却发现有好几十个活死人在拆玻璃屋，并用木制推车将瓦砾残骸运走。她该怎么跟海瑟和普琳罗丝解释呢？她都不知道要怎么跟自己解释了。

其中一个活死人直视着她，似乎想引起她的注意。

"怎么了？需要帮忙吗？"高瑟问道。

活死人只是盯着她看，眼神仿佛穿过她的身体，她觉得和他说话很蠢，据她所知，这些亡者不会说话。这个骨瘦如柴的活死人不客气地递给高瑟一封信，接着继续工作。高瑟发现自己在心里默默感谢对方，只是不太清楚为什么会这样。那是用白色羊皮纸写的信，上头以红蜡弥封，蜡上的戳记印着骑士之类的徽章。她打开信，来自雅各爵士。

高瑟小姐：

　　我已经吩咐你的活死人改建玻璃屋，有什么指示请直接下达，他们会理解并服从你的命令，我会订购所需的建筑材料，并尽快送达。

　　另外，我也吩咐尘世的人带来各式各样的家具、壁毯、寝具、雕像、画作、衣服，以及其他你们三姐妹可能会喜欢的东西。任何不符喜好的物品都可以退货，等你们挑好后再付款，我还订了多辆马车，第一辆会在三天后抵达宅邸。

种好黄金花（这件事可交由维克多处理，就是给你这封信的活死人），等你安排好一切，让你的姐姐们有事可做后，请回到我的地下圣堂，我和你的母亲会在那里等你。

你永远的雅各爵士 敬上

"普琳罗丝和海瑟看到这个一定会抓狂！"高瑟叹了口气。

"普琳罗丝可能会。至于我，要不要告诉我到底发生了什么事？"高瑟立刻转身，发现海瑟站在烧毁的玻璃屋旁。

"海瑟，嗨！普琳罗丝呢？"

"她像小疯子一样到处乱跑，看要怎么装潢女巫宅邸。我猜这就是你为什么找了一大堆事情给我们做，好让我们忙个不停？真没想到你居然把活死人们叫醒，你明知道普琳一定会气炸。"

"我没有！是雅各爵士叫的！"

"怎么可能，高瑟？是你叫醒他的吗？"

"我……"

"高瑟！"

"我别无选择！他可以打点好一切，海瑟，一切！"

"这倒不意外。你最好全盘托出，这样我才知道该怎么跟普琳说。"于是高瑟便将刚才的事一五一十告诉海瑟。

第 **11** 章

母亲的复仇

翻遍整栋房子后，海瑟终于在母亲房里找到普琳罗丝，她正躺在地上盯着天花板。

"普琳！你在干吗?"海瑟问道。

"这里的氛围好悲伤喔，对不对?"普琳罗丝坐了起来。

"我们去藏书室吧，我不喜欢这里。"

"孩子不是常会在妈妈死后到她房间翻翻看看，回忆从前，想着自己有多怀念妈妈吗?"

"是没错，只是那是童话故事。普琳，不管你花多少心思，这个房间永远不会带给我们关于妈妈的美好回忆，她也不会变成一个称职的好妈妈。走吧，我有事要跟你说，我们去藏书室或厨房。"

"不用了，在这里讲就好，怎么啦?"

"拜托你不要发飙，是高瑟的事。"

"她在哪里？"普琳罗丝问道。

"她和雅各爵士在一起。"

"嗯，他是谁啊？"

"普琳，答应我，不管你想说什么，先听我把话讲完再说好吗？"

"……好。"

"雅各爵士是妈妈的活死人，她的'爱'。"

"等等，我们不是决定不去找他吗？"

"呃，是你决定的。"普琳罗丝翻了个大白眼。

"听我说，普琳罗丝，如果要留在这里，我们就得做点妥协，这件事就是其中之一。高瑟在妈妈的书上读到我们无法穿越玫瑰丛。"

"什么？"

"冷静，听我说！雅各爵士是唯一能离开森林的人，他会把一切打点好，高瑟知道你一定会很失望，所以她安排雅各带来一车又一车的东西给你选，让你装潢房子，让你开心！普琳，她想让你开心，做出对这个家最好的决定。你可能不喜欢高瑟的做法，但我需要你相信她，如果你不相信她，那就相信我。"

"我一直都是如此。"

"来吧，我们可以离开这里吗？我好饿喔，我们去厨房吧。"

"好！不过你来煮饭。海瑟，你知道我为什么这么兴奋吗？"

"为什么？"普琳罗丝还来不及回答，一道刺眼的光就迸射出来，淹没了玛妮娅的房间。

"什么鬼东西啊？"普琳罗丝摇摇晃晃地问道。

"我不知道，"海瑟边说边靠着房门稳住脚步，接着跑向窗口，"普琳，看过来看！"

"那是什么？"

一个巨大的黑色旋涡笼罩着天空，摧毁死去的枯树，朝她们的方向袭来。

"天啊！该不会是妈妈回来了？"

"我不知道！"

"你感觉到她了吗，海瑟？是她吗？说啊！"

"我不知道！我不知道！妈妈死后我就一直感受到她的存在，房子和森林里都有她的身影，可是我不想说！"

"海瑟，快看！"

旋涡越来越近，吞噬了树木、墓碑和玻璃屋残迹，所到之处全都消失殆尽。

"快，我们要赶快找到高瑟！"

海瑟拉着普琳罗丝冲下楼，以闪电般的速度奔过敞开的窗户。黑色的旋涡步步进逼，跑到门厅时，有一大群活死人涌上来，阻止她们离开。

"我的天啊，海瑟！到底发生什么事？"

旋涡沿着创造出来的毁灭之路逐渐接近宅邸，吞没了周围的活死人群。

"普琳，快跑！旋涡来了！"

海瑟和普琳罗丝尽可能拔腿狂奔。她们不敢回头看，但可以听见房子被拆毁后吸入旋涡的声音，"普琳罗丝！别回头，快跑！"

这时，传来一声震耳欲聋的尖叫，她们从没听过类似的叫声。是高瑟，她站在瓦砾堆里盯着旋涡眼，仿佛要吓住它，不准它靠近。

"妈妈，住手！"她放声大吼，双手如盾牌般挡在前面。

一阵可怕的尖叫声在三姐妹耳里回荡，震撼了整栋房子，粉碎了石砌宅邸的残垣。

"你这个女巫，离我姐姐远一点！"高瑟的喊叫声中有种共鸣，是海瑟和普琳罗丝从未听过的。

"你杀了我，还以为我会放过你，让你带着这两个恶心的东西继承我冥后的宝座？那你比我想象得还傻，高瑟，你注定要一个人孤老至终！"

黑色旋涡慢慢变小，将能量与旋涡眼聚焦在海瑟和普琳罗丝身上，迫使她们跪倒在地、痛苦尖叫。"妈妈，不，求求你，别把她们从我身边带走！"高瑟大喊。

玛妮娅的笑声刺进海瑟和普琳罗丝的耳朵，让她们血流不止，放声尖叫。高瑟望着眼前的一切，心里万分惊恐。

"妈妈，快住手！"高瑟大喊，但她知道无论怎么求，妈妈都不在乎，她必须想办法救姐姐才行。就在这一刻，她想起在妈妈的咒语书《言语魔咒的艺术》里读到的文字，立刻念出脑海中浮现的第一句话，全心全意盼望咒语奏效，"吾召唤古今众神，将吾母送入迷雾，赐吾等崭新人生！"

"高瑟！不！你不知道自己在做什么！"玛妮娅大声尖叫，但高瑟继续诵念这些咒文，这些字句仿佛来自另一个世界，乘着风飞到她身边。"吾召唤古今众神，将吾母送入迷雾，赐吾等崭新人生！"

"高瑟，不！"玛妮娅失声惊呼，黑色旋涡逐渐萎缩塌陷，最后爆炸，化为腐臭的尘埃，覆盖了眼前的一切。

"普琳罗丝！海瑟！你们没事吧？"

高瑟跑向姐姐，她们看起来就像布满黑色灰尘的条纹玛瑙雕像。拜托别死！千万别死！

"普琳？海瑟？"高瑟擦去姐姐脸上的烟灰，"普琳，醒醒！拜托！普琳！快醒醒！"她拍拍普琳罗丝的脸颊。

"天啊，高瑟……你身上沾了什么啊？"

高瑟听到后笑了，还好普琳还活着，海瑟则是一边咳嗽，一边在高瑟的笑声中醒来。

"海瑟，你还好吗？"

"还好。妈妈走了吗？"

"应该吧。"高瑟环顾四周，屋里全是厚厚的黑色灰尘。

三姐妹坐在那里看着宅邸。原本应该是门厅和楼梯的地方炸出了一个大洞，骨头四散各处，吊灯上还挂着树枝。

"高瑟！你是怎么办到的？"海瑟惊讶地望着小妹。

"老实说我也不知道。"

高瑟看着海瑟和普琳罗丝，她不晓得自己为什么能毁灭母亲，只是很高兴姐姐还活着。

"怎么办？房子没了。"普琳罗丝问道。

"我们可以重建女巫宅邸，盖成我们想要的样子！我们会有新的房子和新的生活，一个美好的生活，我保证。"

高瑟说。

"要怎么做呢?"普琳罗丝问道。

"我们有雅各和妈妈的活死人啊。"

"高瑟,我想他们现在是你的活死人了。"

"海瑟,我想你说得对。我的活死人。"

第 **12** 章

晨间起居室

宅邸整修期间，女巫三姐妹暂时住在马车屋里。每天都有新一拨的马车抵达，其中有十几辆都载满建筑材料。高瑟坐在大窗户旁看着活死人将货物搬下马车，海瑟和普琳罗丝则睡着了。她把妈妈送进陨灭迷雾已经好几个月了，但海瑟和普琳罗丝似乎仍饱受创伤折磨，大多时候都筋疲力尽、卧床不起，或是坐在庭院里茫然地看着活死人工作。高瑟不晓得怎么改善姐姐们的情况，不晓得怎么让她们安心，同样的问题天天出现：妈妈真的走了吗？妈妈会回来吗？高瑟是怎么阻止妈妈杀她们的？

　　高瑟不知道答案，只是很庆幸自己没有失去海瑟和普琳罗丝。然而随着时光推移，她觉得姐姐似乎快被自身的恐惧与忧郁带走了。

　　这时，马车屋外传来一阵敲门声，她快速回应，暗暗希望噪声不会吵醒姐姐。是雅各。

"你好，雅各爵士。"

"你好，小女巫。有更多马车来了。"

"我知道了，谢谢你帮我处理这些事。"

"这是我的荣幸，小女巫。"雅各说完，又在门口逗留了一阵。

"你还有什么事要告诉我吗?"高瑟很纳闷，想知道雅各怎么了，无所事事不是他的作风。

"是，我觉得你会想看看其中一辆马车，你可以跟我来吗?"雅各似乎非常得意。

高瑟跟着雅各走进庭院，美丽的雕像和喷泉瞬间映入眼帘，让她惊叹不已:"雅各，我好爱这个院子! 好漂亮喔! 谢谢你。"

"这是我的荣幸，高瑟小姐。"

"不晓得海瑟和普琳看到喷泉里的蛇发女妖雕像会怎么想?"她不小心吐露出自己的心声。

"我认为新的雕塑和雕刻品应该沿袭原来的主题。你不喜欢吗?"

"不，雅各，别担心，我很喜欢，我觉得很漂亮。可是我姐姐……尤其是普琳罗丝，我和她的审美观不太一样。或许我们可以在蛇发女妖周围摆几座嬉戏的舞者雕像，让整体造型变得更轻松、更欢乐？"

"没问题，我的小女巫，如你所愿。"雅各在他们走到马车旁时说。

看到马车的瞬间，高瑟倒抽了一口气，车里装满了冬至节的补给品和装饰品。

"我想你应该会喜欢，希望你不会介意我擅自订了冬至节要用的东西。"

"不会，完全不会！太棒了，海瑟和普琳罗丝一定会很兴奋。"

"但愿如此，小姐。"

"太好了，雅各，这或许能让她们开心起来！可惜房子没办法赶在冬至前弄好。"

"这就是我想和你谈的另外一个原因，我想宅邸或许能在冬至前完工。"

"真的吗？"高瑟好几周来第一次真正感到兴奋。

"地基很稳，楼上的房间已经整修完毕，楼下还要再花几个月。这段时间你可以搬进自己的卧房，好好装饰一下晨间起居室，准备迎接冬至节。"

"晨间起居室装修好了？"

"是的，高瑟。"

"我可以看看吗?"

"当然,请跟我来。"

雅各爵士带她走进屋里。感觉好奇怪,高瑟从来没想过女巫宅邸会变得这么通风、明亮宽敞,还有好多好多的窗户。在她们母女冲突中被摧毁的部分和翻修过的区域形成强烈对比,就像游走于噩梦与美梦之间,两者只有一线之隔。

满是石雕的房间简直是另一个世界,新旧房间对照让高瑟头一次出现这种想法。她猜普琳罗丝一定会说这就像从可怕的噩梦中醒来一样。可是不知怎的,在她眼里,旧有的宅邸比翻新的地方更美丽。蹲踞在壁式烛台上的石像似乎没有斜眼偷瞄她,而是用保护的眼光俯视着她。

"小姐,这边走,我带你去晨间起居室。"

起居室就跟高瑟想象的一模一样,雅各完全重现了她的设计,每面墙都嵌了窗户,几乎和灯塔差不多。她很高兴自己有请雅各为姐姐打造这样一个采光良好、适合用来庆祝的房间,她们可以在这里创造新的回忆,忘记所有可怕的、和妈妈有关的事。起居室是八边形,几乎每个角落都有靠窗的座位,房间中央有棵高耸的冬至树,枝叶一直向上延伸,触及玻璃穹顶天花板;树下摆着许多装满装饰小物的木箱，三姐妹可以自己动手布置。她看到小鸟、闪耀的金球、银色的星星，还有玻璃做的红心。噢！普琳罗丝一定会喜欢！

"我姐姐一定会很高兴。谢谢你，雅各爵士，真的很谢谢你。"

"别客气，小姐，不如你们马上搬进来吧。"

"我也是这么想！我要赶快跟海瑟和普琳说！"

"那我就不打扰你了，小姐，我去做其他事了。"

"雅各，在你走之前我还有一个问题。"不过雅各已经知道高瑟要问什么了，她之前问过无数次，这一次，他的回答还是没变。

"我的小女巫，正如我先前所说，目前还没听到关于你母亲的消息，我相信你已经成功将她送进陨灭迷雾了。"

"可是……怎么会?"高瑟的灰眼睛睁得好大。

"我的小女巫，这个问题只有你能回答。"

"这就是重点……我没有答案。"

第13章

冬至前夕

高瑟、海瑟和普琳罗丝全都搬进了主屋，准备迎接冬至。她们的活动范围多在二楼，但大部分时间都在自己的卧室、新的晨间起居室和旧的藏书室度过。由于饭厅还在施工，因此她们几乎都在起居室吃饭。这一天，她们坐在窗边享用早餐，热茶和饼干就放在座位前方的小圆桌上。

　　自从和母亲发生冲突后，死亡森林就变得活泼起来，不像以往那么沉闷。即便冬季将至，天空好像也没那么灰暗，有时甚至可以在起居室看见阳光，壮观的森林全景展露无遗，每个角度都能一路看过去，直至玫瑰丛。

　　"不知道什么时候才能看见第一场雪。海瑟，你有闻到雪的味道吗？"高瑟说。

　　"还没，高瑟。快了。"

　　她们正准备过冬至节，高瑟自有一套想法，既然今年不用听妈妈规定该怎么过，她打算用自己的方式庆祝。过去的冬至大多气氛阴郁，每个人都穿一身黑，主屋也冷得要命，伸手不见五指，玛妮娅甚至不准她们在壁炉里生火。她欢迎冬日死神，庆祝最长的夜，大家都要禁食斋戒一天，诵念祖先的名字，并在公共祭坛摆放小礼物和他们最喜欢的食物，有点像阴沉版的萨温节①，也就是庆祝先祖生命的节日。除此之外，家族祭坛上会供着许多小小的椭圆形木框油画，上面画着所有祖先的肖像，玛妮娅会将画中人的故事逐一告诉女儿。讲完后，她们会站在祭坛前静静看着画像，小心翼翼保持不动，以免吓跑那些在冬至回来看她们的先人鬼魂。

今年祭坛上就会有妈妈的画像了。

尽管高瑟使出浑身解数，努力让姐姐开心，海瑟和普琳罗丝却看起来一点也不兴奋，感觉不期待冬至节。从小到大，妈妈都不准她们摆放冬至树或交换礼物，高瑟以为这棵树可以纾解姐姐的心情，缓和沉重的气氛，没想到她

---

① 萨温节为古凯尔特历法中的夏末节，又称鬼节、重生节，也是凯尔特人的新年，他们会在当夜庆祝今年的丰收，表达对太阳神的敬畏，并搭起篝火举行仪式，献祭给神。此外，凯尔特人也认为这天晚上死神和先人的灵魂会回到凡间，恶鬼也会四处游走，因此他们会披上动物毛皮或戴上面具以吓跑厉鬼（一说是让死神和鬼魂认不出自己，借此避开灾祸），亦即万圣节的起源。

们还是一脸病容，无精打采地在屋里闲晃，一副兴味索然的样子。

"普琳罗丝，我们今天来装饰冬至树吧！"高瑟一边看着光秃秃的树，一边把巧克力榛果酱涂在饼干上。

"如果你想的话。"普琳罗丝打了一个呵欠。

"怎么了，普琳？你没事吧？还是不舒服吗？"

"我只是很累。说真的，我不是很想过冬至节。"

"那是因为我还没告诉你们要怎么庆祝！"

"每年都一样啊。"海瑟拿起一块饼干。

过去几个月，海瑟的体重直线下降，瘦得吓人，眼神充满疲惫。事实上，海瑟和普琳罗丝两人看起来都非常苍白，高瑟望着姐姐，不知道该怎么做才能提振她们的精神。

"我们要让整栋房子充满亮光！"

"什么？"海瑟和普琳罗丝异口同声地问道。

"你们听见啦！每个房间都会充满亮光！快看窗外！今天早上你们还在睡觉时马车就到啰！"

海瑟和普琳罗丝走到面向庭院的窗户旁。只见雅各爵士在下面吩咐仆人，热情地指挥来指挥去，手势一大堆，好像巫师在刮风的山顶上施法一样。

"那些是蜡烛吗？"

"没错！一车又一车的蜡烛！我们要替这栋房子注入很多很多的光！我读过其他女巫庆祝冬至的方式，有些女巫觉得最好把冬至节变成光之庆典。"

"你在哪里看到的？"海瑟问。

"雅各送来的书上呀。"

"你越来越依赖他了，这样好吗？"普琳罗丝问道。

"他很高兴能有这份工作。他喜欢忙。过去妈妈一直把他藏在地下圣堂，只有需要打仗或处理送货事宜时才会找他。"

"他从来不睡啊！一直清醒着替我们做事！"海瑟的话逗得高瑟哈哈大笑。

"对，他从来不睡。他宁愿忙得团团转，也不想干坐在地下圣堂等待召唤，我已经跟他谈过了，海瑟，他比较喜欢这样，我保证。"

"那仆人呢？你有让他们休息吗？"海瑟问道。

"海瑟，我们已经讨论过很多次了。雅各安排他们轮班，他们一次可以睡上好几天再回来工作。在你重复问之前，我先说，孩子们都没有醒，还在坟墓里熟睡。"高瑟站起来走到姐姐身边继续说，"海瑟，我很担心你，你最近老是忘东忘西。"

"我只是累了，高瑟。我没事。"

"你越来越瘦了，拜托你多吃点，一点点也好。有没有特别想吃什么？我叫雅各帮你准备？"

"不用了，高瑟，我很好。我头有点痛，想回房间躺一下。"

"好吧，海瑟，好好休息。"

高瑟紧张地看着海瑟离开起居室，她们三姐妹这辈子从来没生过病，当前的情况绝非偶然。只是她不懂为什么会变成这样，她决定去妈妈的藏书室研究一下，看看有没有什么方法能帮助海瑟。

"普琳，我要去妈妈的藏书室。你想不想把那些红心挂在树上？我特别为你做的喔。"

"嗯，好啊。你可以叫雅各派人来搬箱子吗？"

"真的假的？我还以为你不希望家里有妈妈的活死人。"

"我的想法有点改变了。有些活死人为了保护我们不受妈妈伤害而牺牲，他们现在是我们的活死人了。"

"我很高兴你能这么想，我会叫雅各派人来帮你。"

高瑟走出晨间起居室，前往妈妈的私人藏书室，途中遇见了雅各，他正在监督饭厅的装修工程。

"开始有点样子啰。"高瑟环顾饭厅说。

"你好,高瑟小姐。"只要高瑟的姐姐或仆人在旁边,雅各就会这样称呼她,其他时候都叫她"小女巫"。高瑟觉得这个昵称很可爱,她真不知道没有雅各该怎么办,"小姐,关于饭厅,我有些问题想确认一下。你说想在这些窗户上装百叶窗?"

"现在我不太确定了。"眼前宏伟庄严的空间让高瑟敬畏万分。饭厅里依旧保留了鸟身女妖和翱翔的乌鸦石雕,直接凿刻在石墙上的大窗口也都还在,只是仆人加装了铰链式窗户,她们可以自由开关,接受大自然的洗礼。这个做法真是太天才了,而且窗框新漆的颜色和石头很搭,整间饭厅看起来就像以前一样,深黑色岩石和灰蓝色天空之间的对比非常鲜明。

"我想你可能会有不一样的感觉,希望你不介意我装了铰链式窗户,把风景和光线隔绝在外似乎有点可惜。"

"你说得对。我喜欢新的桌椅、小地毯和红色挂毯。喔!还有吊灯和新的壁灯!谢谢你,雅各!"

"这是我的荣幸。"雅各的语气流露出一丝自豪,似乎很满意自己的工作成果。

"雅各?"

"嗯？"

"这份工作你真的做得开心吗？海瑟和普琳罗丝一直很担心你。"

"很开心，我的小女巫。"雅各压低声音，"不过我很担心你的姐姐，我不想让你烦恼，可是你母亲的攻击恐怕对她们造成了永久性的伤害。我不想越界，小女巫，但我想是时候调查一下了。"

"我正打算这么做，我要去妈妈的私人藏书室。"

"别忘了，小姐，现在是你的藏书室了。"

"谢谢你，雅各。有事的话就来藏书室找我。"

第 **14** 章

古怪三姐妹到来

高瑟带着书来到亡者之城附近的浓密树林里，就跟从前一样，妈妈还活着的时候，她们三姐妹经常一起来森林消磨时光。她想找个安静的地方，远离主屋和整修的噪声，海瑟和普琳罗丝都在午睡，高瑟准备了她们最爱的糕点和水果，希望两人醒来后能食欲大开，在她回家前先吃点东西。

她背靠着墓碑，躺在其中一座空坟上。阳光透过枯死的垂柳枝在书页间洒下点点光影，枝丫随着微风摇曳，高瑟望着光影轻轻舞动、变化万千，完全忘记要专心看书。她养成了一个习惯，只躺在那些于宅邸工作的活死人墓上。毕竟她现在认识了不少仆人，总觉得在他们沉睡时打扰很没礼貌。

高瑟正在看妈妈写的书，里面介绍了各式疗法与反制咒。她很担心海瑟和普琳罗丝的健康，希望能从母亲留下的大批藏书中找到一些有用的信息。一开始她以为她们只是被母亲折磨到筋疲力尽、精神受创，某种程度上她仍这么觉得，然而几个月过去，她们依旧没有好转。她不得不承认事态严重，决心要找出背后的原因。

高瑟一向学得很快，但她也明白那场激烈的母女冲突过后，她永远无法了解家族先人，因此她觉得最好还是尽可能多读妈妈的书，越多越好。先前她去了存放母亲血液的金库，只是为了拿雅各买东西所需的金币。如今海瑟和普琳罗丝的状态每况愈下，她在想是否该用妈妈的血来拯救她们的生命。可是她又忍不住想起妈妈说她必须向她们隐藏真实的自我，要是把血分享出去，她们就会全然看透她的本性。最近海瑟和普琳罗丝老是在睡觉，高瑟几乎都一个人做自己想做的事，不得不说，她其实很享受这种自由。

"不，高瑟，这不表示你希望她们死。"

她每天都得克制自己让自己不要像妈妈那样思考。她爱姐姐胜过一切。她不是坐在树林里细读妈妈的书，想找到治疗的方法吗？虽然她认为解药可能就是妈妈的血，但妈妈要她别和姐姐分享血液的警告仍在脑海中盘旋。要是海瑟和普琳罗丝能读她的心，或许就不会喜欢她了。高瑟想起妈妈的预言，说她注定要一个人孤老至终。这怎么可能？她还有雅各，还有活死人仆人，要是她能找出解药，海瑟和普琳罗丝也会永远陪在她身边。妈妈最会说谎了。她们三姐妹注定要在一起。

三姐妹，永不分离。那是她们的誓言。如果非得分享妈妈的血，那就分吧！

高瑟用力把书摔到地上，觉得很灰心，因为她发现自己明知道最后一定要用妈妈的血，却还是浪费了一整天寻找治疗的方法。她不晓得自己为什么会知道，但她就是知道。

"你会知道，是因为你母亲的血在你体内奔流。"

高瑟抬起头，吓了一大跳，连忙站起来往后退了几步。她前方枯死的垂柳树荫下居然站着三名年轻女孩，她们穿着黑色洋装搭配精致的银色织锦马甲，裙摆镶了好几层蕾丝，长度刚好落在膝下，将黑白条纹长裤和闪亮的黑色尖头靴衬托得格外明显。

"你们到底是谁？怎么进入死亡森林的？"高瑟厉声喝道。

"我是露辛达，这是我妹妹鲁比和玛莎，抱歉吓到你了。"其中一个女孩笑着说。

高瑟答应让这三个奇怪的女孩留宿。她们的年纪跟高瑟、海瑟和普琳罗丝相仿，可能大个一两岁，但绝不到二十岁。她们看起来完全一模一样，连穿着也不例外。三人都有一头浓密的乌黑长发、微卷的发丝如波浪般披在肩上、苍白的皮肤和深黑色眼眸及艳红色嘴唇形成美丽又鲜明的对比。高瑟觉得她们有种熟悉感，却说不上来是什么。

　　"你当然有熟悉感啦，我们都是女巫嘛。"那个自称露辛达的女孩说。她们会读心术！高瑟有点惊慌失措。

　　"对，我们能看透你的想法。如果你觉得不舒服我很抱歉，但我们绝对没有恶意。事实上，我们是来帮你的。我们在你杀了冥后时感受到你的威力，也感受到你的痛苦。这些能量越过许多王国，远至我们的境域。我们忍不住想来帮你，想帮你治好你姐姐。"

　　"治好我姐姐？你们怎么知道的？你们为什么会想来帮一个陌生人？"高瑟连连追问，完全不相信眼前这些奇怪的人是来帮忙的。

　　"问题还真多。"鲁比咯咯笑着说。

　　"我们都是女巫。所以要彼此照顾，互相帮助。"露辛达说。

　　"你们想要什么回报？"高瑟看着三胞胎姐妹问道。

"我们想看看你母亲的书。具体来说是想学招魂术和你们祖先长寿的秘诀。"露辛达面带微笑。

"你还真是狮子大开口。"高瑟说。

"我认为只要能救你姐姐，再多代价都值得。"玛莎说，但也可能是露辛达或鲁比说的，总之是三胞胎姐妹其中一个。她们的声音一模一样。

"我向你保证，我们是来帮忙的，"玛莎走到高瑟面前伸出手，"就算你不想分享你母亲的书，我们还是会帮你。回报对我们来说不重要。你问我们要什么，这就是我们的答案，但不是要求。无论如何我们都会帮你。"

"没错！无论如何我们都会帮你！我无法想象失去我妹妹会怎么样。高瑟，我保证，我们一定会尽力帮你。"露辛达说。

"对！我们保证！"鲁比说。

她们像接龙一样你一言我一语说个不停，听得高瑟头都晕了。她不知道该用什么眼光来看待这三姐妹。她以前除了自己的家人外从未见过其他女巫，她发现一次看到这么多女巫让人有点吃不消。这时她才发觉她从小到大都活在自己的世界里，与世隔绝，身边只有家人和仆人相伴，没有其他人。

"等等！你们是怎么穿过玫瑰丛的？"高瑟心里纳闷，想知道她们是怎么打破母亲的魔咒。

古怪三姐妹彼此互看："我们自有办法。"

高瑟好羡慕这些女巫。显然她们的魔力比她所想的、所能运用的还要多。

"你们可以教我怎么使用魔法吗？"高瑟问道。

古怪三姐妹放声大笑。"当然啦，小女巫。我们非常乐意。"高瑟心里满怀喜悦，她终于找到能帮助她学习魔法的女巫了，而且这些女巫还答应治好她姐姐。

高瑟牵起玛莎的手，接着牵起露辛达和鲁比的手，紧紧握住。"你们想跟我们一起过冬至节吗？我们要举办光之庆典喔。"

"死亡森林里的光之庆典？这还是有生以来第一次呢。我可不想错过。"鲁比说。

"我们很愿意跟你们一起过冬至节！这是我们的荣幸！"露辛达说。

"那我带你们去女巫宅邸好吗？雅各爵士会在那里准备今晚要用的东西，我可以带你们去客房，你们可以在节庆开始前休息一下。"

"谢谢你。"美丽又神秘的三姐妹像海妖合唱团一样异口同声地说。

"啊，我应该先提醒一下，雅各爵士……嗯，你们懂吧，他……"

"别担心，我们对雅各爵士了如指掌。"露辛达打断了高瑟的话。

"你们怎么会认识他?"高瑟问道。

"你提到他的时候，我们在你脑海中看见他的身影，也就是他在你心里的形象。"玛莎微笑着说。

"我明白了。"

"我们本来就在想，死亡森林里应该有亡灵仆人。"露辛达说。

"嗯，当然当然。"

这些女巫让高瑟难以招架。她很想看看海瑟会怎么感知她们的想法，不晓得她能不能分辨出她们是否心怀善意。

"这边请。"高瑟带着三胞胎姐妹循狭长的小路走进新的庭院，院子里伫立着一座大喷泉，四周围绕着许多美丽的雕像。喷泉中央有一尊引人注目的巨型蛇发女妖，她顶着一头蜷曲又狂野的蛇发，咧着嘴露出尖锐的牙齿和邪恶的笑容，硕大的石眼不知怎的闪烁着生命的光芒，看起来非常高兴，仿佛才刚把周围嬉戏的舞者变成石头。高瑟觉得蛇发女妖或许在最欢欣雀跃之际瞥见了水中的倒影，把自己也变成了石头。她想知道海瑟和普琳罗丝对新喷泉有什么看法，想知道她们是不是跟她一样觉得很美。那阵子她很少跟姐姐聊天，只顾着为她们打理房子，把家布置得漂漂亮亮，忙着忙着，居然忽略了她们。

"别忘了你的魔法。你一直在研究你母亲的魔法，想找出解药来帮助她们。"露辛达看穿了高瑟的思绪。

"对，没错。"高瑟不太确定自己能不能接受身旁有读心者。现在她终于明白为什么读心术会让普琳罗丝焦躁难安了。

"我们很期待跟你姐姐见面。"露辛达说。这时她们走到还在施工的门厅，雅各爵士就在那里，像伟大的将军指挥部下作战。

"雅各爵士，这三位是露辛达、鲁比和玛莎。她们是我们的客人，会留下来一起过冬至节。"

雅各静静站在那里，什么也没说。高瑟不知道他是因为在死亡森林里看到陌生人太过震惊，还是有其他原因。不管是什么，他看起来非常忧虑，心神不宁。

"欢迎三位。有什么需要请告诉高瑟小姐，我一定会尽力安排，让各位宾至如归。"雅各看着古怪三姐妹，脸皮绷得好紧，却没有露出高瑟喜欢的那个扭曲的笑容。

"谢谢你，雅各爵士。"古怪三姐妹齐声说。她们说话的方式简直像唱歌一样。高瑟不禁心想，如果她、海瑟和普琳罗丝长得一模一样，会不会也是这样？如果妈妈的女儿是这三个女巫，而非她们三姐妹，她会不会更幸福、更快乐？如果她们和这些女孩一样是同卵三胞胎，妈妈还会想杀死她们吗？她脑海中响起妈妈的声音，久久回荡不去。

在女巫的世界里，一模一样的多胞胎女儿是众神的祝福。

妈妈有对她们说过什么好话吗？高瑟想不起来自己有从母亲那里得到什么鼓励，除了她死去前几天之外。现在她几乎可以确定妈妈当时说的一切都是谎言。她觉得自己很笨，居然相信妈妈不会背叛她们。

"别一竿子打翻你母亲最后几天对你说的那些话，高瑟。并非一切都是谎言。"

高瑟一脸茫然地看着露辛达。这三个女巫能听见她的想法，她得把这件事牢记在心才行。

"我们可以教你怎么锁心，不让别人听见你的想法喔。"鲁比说。

"无意冒犯，但如果可以的话就太好了。"这时，高瑟突然意识到自己很没礼貌，把雅各晾在旁边，可怜的他一直站在那里，眼睛紧盯着三姐妹不放，流露出近似害怕的神情。"害怕"，这个词或许不太精确，但三姐妹显然有些地方让他烦心，等她们去客房休息后，她得和雅各好好聊聊。

"谢谢你，雅各。那我就不妨碍你工作了，冬至夜开始前我再来找你。"

"好的，高瑟小姐。"说完他便继续监工，指挥仆人挂上装饰，在房子四周点上蜡烛。古怪三姐妹笑了起来。高瑟喜欢她们的笑声，没有嘲讽，没有恶意，只有纯粹的悦耳和快乐。她好想念和姐姐一起那样开怀大笑的日子；她好想念和她们一起编织生活，消磨时光。

"我们一定会尽力帮助你姐姐，我们保证。"玛莎说。

"谢谢，我带你们去客房吧。"高瑟说。

"方便的话，我们比较喜欢睡同一个房间。"露辛达说。

"没问题。那就睡龙室吧，那间的床最大。如果你们不介意同床的话。"高瑟边说边带她们上楼。

"我们不介意。"三姐妹笑着回答。她们环视宅邸，脚下的小靴子在石头地板上咔嗒咔嗒响。咔嗒，咔嗒，咔嗒。高瑟被这个声音弄得心浮气躁，觉得头有点晕，随后又暗自窃笑，起码会知道她们来了。

古怪三姐妹也咯咯笑了起来。高瑟懒得回应，干脆假装她们没听见她的想法。四人拾级而上，经过那些正在摆放蜡烛的活死人，房子里每一个地方，每一寸空间都点满了蜡烛。

"你们的房间在这边。"高瑟指着一座巨大的石拱门说。龙室位在女巫宅邸历史最悠久、最古老的区域，也是最宏伟的房间之一。高瑟一直很想知道妈妈为什么从不一个人待在这里。这是家中最高级的卧房，不仅墙上布满龙的石雕，巨大的壁炉两侧还矗立着长翅膀的怪兽。

"她不想住在她母亲死去的房间。"露辛达说。

高瑟吓了一跳，这些话犹如刀刃般刺进她肚子里。她知道露辛达说的一定是真的。想到三胞胎姐妹比她更了解妈妈，知道一些她不知道的事，她就觉得很难过、很受伤。

"你是怎么知道的?"高瑟看着露辛达问道。

"很多冥后都是传奇中的传奇。她们的故事写在时间的书卷里，我们如饥似渴，读得津津有味。"

"搞不好你比我更了解我们家族的历史。"高瑟心烦意乱地说，她望着几个仆人拉开窗帘，生起炉火。在她母亲掌权的时代，屋里从来没有这么多仆人四处走动。至少她们三姐妹没看过。想到这里，高瑟扬起一抹微笑，她意识到自己终究成了女王，以自己的方式做事。

"希望你们在这里玩得开心，想住多久就住多久。我会叫人送一些衣服和其他可能需要的东西过来。你们的身材看起来跟我姐姐海瑟差不多，我们最近才收到一大堆洋装和睡衣，她大概一辈子都穿不完。"

"谢谢你，高瑟。还是我们该叫你女王？"

"我又不是你们的女王！"高瑟哈哈大笑，"别客气，叫我高瑟就好。"她指指石桌，桌上放着一个大型吸墨器、一瓶墨水和一根羽毛笔。"抽屉里有纸，有需要的话可以写信给家人，跟他们说你们要留下来。有任何需求请告诉我的活死人，他们可以帮忙放洗澡水，送吃的过来，什么都可以。当然，除了雅各外他们都不会说话，不过他们听得懂。"

"谢谢你，高瑟。"古怪三姐妹一边说，一边环顾房间，似乎非常敬畏。就在这个时候，高瑟突然透过她们的眼睛看到这个房间，这个她一直视为理所当然的房间，宽敞的羽绒床安卧在巨大的石雕四柱床架上，柱头设计成龙头的形状；红色床顶棚和帷幔，还有绯红色挂毯和小地毯，都是她母亲去世后新增的东西。这个房间有种奇特的魅力，她很纳闷自己怎么没把这里占为己有。

"你应该这么做！当然是在我们离开之后！"玛莎咯咯笑着。

"哦，对了，趁我还没忘记……"高瑟说，"傍晚会有人来接你们，带你们到起居室过节。雅各会在庆典前两小时敲整装铃。另外有什么需要请摇铃通知。不好意思失陪了，我想去看一下我姐姐。"

"请便。"三胞胎姐妹说。

高瑟离开龙室，关上房门，沿着长廊走向姐姐房间。三个女巫的笑声不时窜进她耳里。真是诡异又古怪的三姐妹。

第 **15** 章

冬至夜

六名女巫静静地站在庭院里等待雅各走出宅邸。高瑟原以为大家都会去晨间起居室，但雅各似乎另有安排。

海瑟、高瑟和普琳罗丝穿着高瑟近日挑选的冬至礼服。为了延续妈妈的传统，她选了优雅的黑色洋装，上头绣着许多银色星辰，如瀑布般自右肩倾泻而下，旋绕着紧身上衣，一路蔓延至宽松的裙摆，看起来宛若夜空。三姐妹都用闪闪发光的星星来装饰头发。

露辛达、鲁比和玛莎穿着抵达死亡森林时的那身洋装。她们的马甲式上衣缀有银色刺绣，高瑟细看才发现原来是小星星的图案。虽然古怪三姐妹没换衣服，但她们将头发梳成精致的发髻，高高的盘在头上，微卷的发丝长长地垂落在脸颊两侧，发髻上则装饰着银色星星，跟耳环和高瑟送给她们作为冬至礼物的华丽项链很搭。她们六人都裹着白色的毛皮披肩，手拿暖和的手笼御寒。

染着一层紫色暮光的天空开始变暗，变成深紫色；空气中弥漫着一种凝滞的寂静，高瑟知道那是降雪的预兆。她能感受到拂过脸颊的寒意，她的双颊应该就和姐姐一样透着玫瑰色吧。高瑟觉得她们看起来就像龙女巫，吐着青烟等待。

　　"还要多久啊，高瑟?"普琳罗丝开始不耐烦了。

　　"不知道啊，普琳。嘿，等等，你看。他在那里。"

　　她们远远看见雅各从女巫宅邸走来，手上的火炬照亮了如骷髅般的五官。

　　"晚安，小姐们。抱歉让你们久等了。"雅各终于抵达庭院。"这是我们家三位小姐成为女王后的第一个冬至，所以我想让今晚变得特别一点。"高瑟看见雅各紧盯着古怪三姐妹。之前她找不到机会私下跟他谈这件事，现在她更好奇了，很想知道他对那三名女巫的看法。

　　"容我隆重呈献，死亡森林有史以来第一场光之庆典!"雅各高举火炬，对屋里的维克多打信号。没过多久，整栋女巫宅邸和建筑四周就满溢着高瑟、海瑟和普琳罗丝这辈子从未见过的最壮观、最华丽的光芒。

　　"哇，雅各! 好漂亮喔! 谢谢你!"高瑟微笑地望着姐姐欣喜的脸庞。

"这是我的荣幸，女王陛下。"雅各一边说，一边示意大家跟着他，"来吧，小姐们。快点暖暖身子，祛祛寒，高瑟女王为庆祝冬至节安排了一场盛大的宴会。"

"喔，高瑟，居然还有宴会?"普琳罗丝笑着问。

"宅邸看起来好美喔，高瑟! 谢谢你!"海瑟说。

看到姐姐这么开心，高瑟好高兴。"这是我们三姐妹第一次在没有妈妈的情况下一起庆祝冬至节，我希望能把这个节日变得很特别! 我想让你们开心! 拜托告诉我你们很开心!"然而她们无须用言语回答，因为高瑟下一秒立刻被海瑟和普琳罗丝紧紧拥入怀里。

"谢谢你高瑟!"她们高兴地尖叫，"谢谢!"

"真的，非常漂亮，"古怪三姐妹对宅邸里的光深深着迷，远远看起来，晨间起居室似乎格外明亮，"那个房间，让我们想起众神灯塔。"

"多谢夸奖! 看样子计划成功了!"

"喔，你去过众神灯塔吗?"露辛达问道。她们跟着雅各穿过门厅，走上楼梯，来到晨间起居室。

"没有，只在书上看过，我们从来没离开过死亡森林。"高瑟踏进起居室，语气中流露出一丝遗憾与哀伤。上百位活死人悄悄走出宅邸，回到墓园。雅各显然吩咐他们一次点燃所有蜡烛，屋子里每一个角落都摇曳着点点烛光。女巫宅邸从上到下洋溢着满满的光芒，和高瑟想象的一模一样。走进起居室那瞬间，冬至树的美立刻映入眼帘，高瑟差点感动到说不出话来。矗立在房间中央的冬至树又大又高，一路延伸到玻璃穹顶天花板，树上还挂满了红色玻璃爱心、小巧的鸟儿和色彩缤纷的玻璃球，在烛光照耀下闪烁着晶亮。

起居室的另一头摆放着家族祭坛，上面除了先人的肖像画外还供着热茶、榛果、柑橘、种类繁多的鲜花、巧克力，以及一个铜铃和一只冬至节专用的漂亮茶杯。茶杯是银色的，杯身有一道细小的裂纹。除此之外，桌上还有一个绿宝石胸针、一条非常漂亮的钻石项链、一串珍珠和一枚玛瑙戒指，这些都是她们祖先的遗物，玛妮娅平常都收在金库的木箱里，只有冬至夜才会拿出来。祭坛上有许多银色烛台，上面插着不同高度的细蜡烛。那些蜡烛的火光似乎比其他蜡烛更明亮，几乎到了炫目的程度，而这正是高瑟的本意，以免海瑟和普琳罗丝不想看到母亲的肖像。其实她大可不放冬至祭坛，但她不想激怒家族祖先。老实说她已经够担心了，身为女巫，她们居然没有在黑暗中肃穆冥思，纪念冬至，她很怕先人会因为这样觉得不受尊重。

冬至树下堆满了用银色和红色包装纸包的礼物，上面系有黑色蝴蝶结和白色小标签，甚至还有送给客人的礼物。这些都是雅各准备的，他希望每个人都能感受到节庆的气息。雅各对细节的重视让高瑟大为惊讶，不得不承认自己已经离不开他了。

"现在请各位小姐移驾饭厅，晚餐已经准备好了。"雅各说。

饭厅的壁炉里燃着熊熊火焰，在刻满女妖雕饰的石墙上投下阵阵光影。虽然窗户开着，厅堂里还是很暖和，可以远眺盖在玻璃屋原址上的庭院，景致蔚为壮观。

"饭厅布置得真美，雅各，谢谢你。"

"请到窗户旁边，我有东西要给你们看。"他对六名女巫说。

高瑟可以看见在庭院另一边，黄金花的光芒透过窗户从马车屋附近的一间小温室漫射出来。她这阵子一直忙着装修宅邸、担心姐姐的健康，差点忘了花的存在。她心想，不晓得来访的三胞胎女巫知不知道那束微弱的光代表什么？高瑟开始紧张起来，她从没想过让其他女巫来家里，站在她的土地上，离黄金花这么近会怎么样？她们会以为那是光之庆典的蜡烛，抑或知道花是她们的秘密？

雅各看得出来高瑟很焦虑，所以他也很担心。然而没过多久，庭院开始出现其他亮光，那才是他想给女巫的惊喜。黄金花完全在意料之外。之前在喷泉旁的嬉戏舞者石雕现在都拿着燃烧的蜡烛，蛇发女妖依旧伫立在喷泉中央，周围的水面上漂着点点烛光，照亮她愉快的笑容，形成一幅美丽的景象。这时，树林中慢慢透出细微的光芒，一道接一道，忠诚的活死人大军手执数千根蜡烛，就这样点亮了整片森林。这个安排太了不起了，不仅光辉灿烂华美，更在客人面前展现出东道主的权力与魔力。眼前的画面宛如浩瀚无垠的光之海，一路蔓延到眼目所及的远方。

"谢谢你，雅各。谢谢你准备了这么棒的冬至夜，谢谢你在妈妈去世后为我们做的一切。"高瑟真诚地表达感谢。

"这是我的荣幸，女王陛下。"高瑟注意到雅各从古怪三姐妹到来后就一直称她为"女王陛下"。她好希望庆典赶快结束，这样她才有机会单独和他聊聊。"各位快请坐。不然菜会冷掉的。"雅各一边说，一边替大家带位。

女巫们在长木桌旁坐下，桌上摆满了美味的佳肴和玻璃烛盅，里面点着小小的祈愿蜡烛。雅各准备了每个人爱吃的菜，就连古怪三姐妹也不例外。她们已经自己开动，吃了一大堆用红糖和肉桂调味的香料烤苹果配冷鲜奶油。

"你怎么知道我们喜欢白兰地渍樱桃？"鲁比一边问，一边把樱桃倒在超大块的核桃蛋糕上。

"雅各很厉害，能预见每一个冲动和奇想。"高瑟微笑地看着古怪三姐妹。

令高瑟大感惊讶的是，海瑟和普琳罗丝也吃了很多她们爱吃的菜，盘子堆得好高。普琳罗丝大吃樱桃塔，海瑟则在洒了一层糖粉的薄烤蛋糕上涂巧克力榛果奶油。要是宴会能让姐姐食欲大开、愿意吃饭，那她很乐意天天举办盛宴。或许是饭厅里很温暖的关系，高瑟觉得海瑟和普琳罗丝的脸颊似乎比较有血色。这个冬至夜和她期待的一模一样。

普琳罗丝一边吃樱桃塔，啜饮葡萄酒，一边用一连串问题轰炸古怪三姐妹。

"你们学魔法学了多久？住在哪里？怎么知道我们住在死亡森林？你们是怎么施法的？"她像连珠炮般疯狂提问，问个没完，古怪三姐妹连回答的时间都没有。高瑟心想，看到普琳罗丝这么快乐又充满活力的样子真好，就跟从前的她一样。海瑟一如往常的安静，她是三姐妹中的沉思者和观察家，总让外向的妹妹普琳罗丝负责发问，自己则坐在那里仔细听对方回答。

"普琳，拜托你给她们一个回答的机会好不好！"高瑟笑着说。

"没关系，高瑟，我们能理解，第一次遇到其他女巫时，我们也有同样的感觉。你们孤单住在这里这么多年，一定更难受。"玛莎说。

"就是说嘛！"普琳罗丝附和，"我们从小到大都被孤立在森林里与外界隔绝。想象一下，一生中除了姐妹和妈妈外没看过其他人。当然还有雅各啦。"她瞄了站在附近以随时服侍的雅各一眼，放声大喊，"雅各！过来跟我们一起聊吧！"高瑟看得出来雅各被普琳罗丝的态度感动了，要是他能脸红一定会脸红。

"谢谢你的邀请，普琳罗丝小姐，不过我得去厨房看看。小姐们似乎比较喜欢甜食，而非咸食，我会吩咐他们立刻上其他甜点。"

"喔！听起来不错喔！"普琳罗丝开心尖叫。

"你们一直都这样吗？这么快乐？我们决定来访时完全没料到会看见这么快乐的女巫。"古怪三姐妹咯咯笑了起来。

"不好意思，我无意冒犯。既然你们已经知道答案了，为什么还要问呢？"海瑟终于开口。

古怪三姐妹对海瑟露出微笑。"啊，我们还以为你很善解人意呢。"露辛达说。

"什么意思？"海瑟说话的音量比平常更大。

"我们希望你们会读心术，认识新女巫时，若能看透彼此的想法，事情就简单多了。"鲁比回答。

"等等，你们会读心吗？"普琳罗丝问道。

"没错。"古怪三姐妹笑着说。普琳罗丝皱起眉头。

古怪三姐妹又笑了。

"别担心，普琳罗丝，你有一颗纯洁的心，个性又那么善良，没什么好隐瞒的。"露辛达说。

"我喜欢她们三个！"普琳罗丝笑着对海瑟和高瑟说，"我们应该让她们住下来！"

"我很好奇你们是怎么进入死亡森林的？我们的母亲总说边界有魔咒束缚。"海瑟问。

"确实如此，但我们发明了一个反制咒，所以才能进入森林，我们认为你们不会介意。"露辛达打量着海瑟。

"这么做太大胆了。"海瑟说。

"是很大胆，但我喜欢！"普琳罗丝露出调皮的微笑，接着放声大笑。

"对啦，你当然喜欢。"海瑟说。

"海瑟，抱歉我们越界了。我还以为你们会很欢迎我们三姐妹。"露辛达说。

"当然欢迎啊，我想海瑟的意思应该是她对你们的魔法印象深刻。"普琳罗丝跳出来打圆场。

"是吗，海瑟?"鲁比问道。

"事实上是这样没错，对不起，我们不太习惯这里有客人。我的个性没有我妹妹那么有趣，也不像她们俩那么迷人。"海瑟再度将注意力转回饭菜上。

"别这么说，海瑟，不用道歉，能来这里是我们的荣幸。"露辛达举起酒杯，"敬死亡森林女巫!"

"敬死亡森林女巫!"其他人跟着敬酒，笑着碰杯。

六个年轻女巫就这样一边吃甜点一边聊天。大约一个小时后，她们转移阵地，继续到晨间起居室开派对，其中一个靠窗的大座位旁放着一辆推车，上面有好几盘点心、热茶和咖啡。女巫三姐妹和古怪三姐妹面对面坐着，舒舒服服地享受夜晚时光。

"姐，我已经跟露辛达、鲁比和玛莎说她们想住多久就住多久。她们同意帮助我们学习魔法，所以我想让她们看看妈妈的书，你们觉得怎么样？"高瑟问海瑟和普琳罗丝。

"嗯，我觉得这个主意很棒。"普琳罗丝的回答让高瑟大为惊讶。"我知道魔法对你来说有多重要。我宁愿你跟这些可爱的人学，也不想要你跟妈妈学。海瑟，你觉得呢？"普琳罗丝看着海瑟问道。

海瑟仔细思考了一阵才给出答案："我认为这样很好，但我有种感觉，高瑟并没有对我们百分之百诚实。"

高瑟的心一沉，她不知道海瑟在说什么。"你说得没错，海瑟。"露辛达笑着替高瑟回答，"我们没提是因为不想影响冬至庆典。我们是为了别的事来的，我们想帮助你和普琳罗丝。高瑟一直很担心你们，非常担心，担心到无意间把我们唤来这里。你看，我们可以感受到这个世界的魔法。高瑟杀了你们母亲的时候，我们就感受到她的魔力。"

"可是就连我自己都不晓得是怎么做到的！我不觉得这是我的魔力，因为这并不是我的初衷。"高瑟说。

"我们就是来帮你找出答案的。"玛莎说。

"你干吗担心我和海瑟？"普琳罗丝问道。

"普琳，因为自从你们被妈妈攻击后就变了一个人，我们很担心她造成了无法弥补的伤害。"高瑟觉得普琳罗丝似乎没有意识到自己病得多严重。

"我们只是累了，高瑟，我觉得你太小题大做了。"

"普琳，已经好几个月了，你的情况完全没起色！"高瑟不是有意要提高音量，但普琳罗丝那种无所谓的态度真的让人很恼火。

"我觉得你太夸张了，高瑟，就跟平常一样！"

"不，普琳，高瑟说得没错，我们两个确实不太对劲。我不是要吓你，但我们应该尽快想想办法，做点什么才行。"

"真的假的？有那么糟吗？"普琳罗丝问道。海瑟和高瑟还来不及回答，玛莎就插话了。

"别担心，普琳罗丝，我们三姐妹一定会帮助你们的。你妈妈活得特别久，答案一定就藏在她某一本书里，我保证。"

"幸好你们来了。"普琳罗丝对古怪三姐妹说。

"真的。"高瑟说。

"对，我们都很高兴。"海瑟说。

"好啦，趁夜色还没深，我们快来拆礼物吧！"高瑟试着缓和气氛。其实她很担心海瑟和普琳罗丝，现在海瑟也察觉到情况不对，以致那股忧虑又更沉了。至于普琳罗丝，她实在不想过分烦燥。

高瑟只希望古怪三姐妹能帮她拯救海瑟和普琳罗丝。

第16章

雅各的担忧

露辛达、鲁比和玛莎还没下楼吃早餐，海瑟和普琳罗丝如往常般熟睡。高瑟叮嘱雅各不要打扰，让她们睡到自然醒。她们昨天晚上都熬夜拆礼物，但高瑟起得很早，希望能趁天光还是柔和的淡蓝色时抓紧机会，在清晨的静谧中与雅各单独交谈。

最后她在小温室里找到雅各，他正在和一些活死人说话，似乎是很重要的事。

"早安，雅各。"

"早安，小女巫。"

"怎么了?"高瑟问道，想知道是不是出了什么事。

"只是采取一些安全措施。"

"雅各，我们可以私下聊聊吗?"

"小女巫，这些都是你的仆人，在他们面前说话很安全。"

"我看得出来那些女巫让你很烦心，我想知道为什么。"

"是，我本来打算这边交代完后就去找你。我想你最好马上请她们离开，你母亲早在多年前就预见死亡森林的毁灭，她看到了三个女巫的形影。"

"雅各，三个女巫可能是我、海瑟和普琳罗丝啊。我烧掉黄金花、杀了妈妈、几乎摧毁整个死亡森林，我亲手实现了预言。"

"她说那三个女巫长得一模一样。"

"也许她错了，雅各。说不定她没看清楚。"

"你母亲的预言异象很少出错。高瑟，请相信我，我不信任这些女巫。你对她们一无所知，她们来自何方，会出现在这里真正的原因，你一概不明。不晓得她们是不是来偷黄金花？会不会夺走冥后的宝座？高瑟，你以前从来没见过其他女巫，她们很邪恶、很可怕、会嫉妒彼此的力量、渴望获取更多魔力。她们来的原因到底是……?"

"帮助海瑟和普琳罗丝。"

"要用什么来交换?"雅各问道。高瑟吓了一跳，雅各和她在一起时居然这么随意、不拘礼节。

"她们想了解妈妈的魔法，想学怎么让死者复活，还有妈妈长寿的秘诀。"

"这么说她们真的想要那朵花了。"

雅各为什么那么担心黄金花？高瑟找不到头绪。毕竟让雅各有生命的，并不是黄金花的魔力，如果是，他就会是完整的血肉之躯，就像活生生的人。"别担心，雅各，就算黄金花不见，你也不会受到影响。那是另外一种魔法，之前妈妈和我简单聊过，黄金花……"

"这些我都知道，高瑟。我比你老多了，我花了无数个晚上和你母亲谈天说地，直至太阳升起。"雅各停顿了一下，接着再度开口，"听我说，这些女巫不是来帮忙的，就算她们认为是，也会发生可怕的事。你有两个选择，不是把血分给你姐姐，就是让她们死。不管怎么样，你都要摄入你母亲的血，因为只有这样你才能真正成为冥后，统治这个地方。"

"昨晚你不是称呼我女王陛下吗？"

"我想让客人尊重你。我很确定她们知道你没有摄血，如果有，你就不会请她们教你魔法了。"

"可是……你还不懂吗？要是她们不教我怎么用妈妈的魔法，还有谁能教我？我需要她们的帮忙！"

"仔细听我说，小女巫，这很重要。无论你做了什么决定，千万别让那些女巫靠近你母亲的血和黄金花。我不在乎那些东西能不能救你姐姐的命，但若你无法靠自己的力量来拯救她们，她们就注定会死。很抱歉，这些女巫不能信任，她们不是你的朋友。"

高瑟目瞪口呆地站在原地，不知道该说什么才好。她很爱雅各，也很尊敬他，可是她认为他错了。

"雅各，我希望你错了。"

"为了你，我也这么希望。"

第17章

血与花

从冬至到现在已经过了好几个礼拜，古怪三姐妹还待在死亡森林里。雅各的态度依旧有所保留，高瑟只能尽量找事情给他做，这样她就不必看到他脸上的忧虑和反对的神情。她深信妈妈在异象中看到的是自己，而这些女巫是拯救姐姐的唯一途径。

　　海瑟和普琳罗丝经常卧病在床。她们饱受痛楚折磨，身体虚弱不堪。看到这种情况，高瑟心如刀割，难以忍受，只能跟露辛达和鲁比躲在妈妈的藏书室里，急着想找出拯救她们的解方。玛莎则陪着海瑟和普琳罗丝，尽其所能让她们舒服一点。她每天都会沏魔法花籽茶来缓解她们的痛苦，甚至提出要让她们进入如梦似幻的沉睡状态，但高瑟担心这样很难观察她们的情况，要是睡梦中有什么变化怎么办？

　　"高瑟，我可以把她们送到梦之地，她们在那里会很快乐、很满足，再也不痛了。"玛莎的眼神非常悲伤。

"可是如果她们需要我怎么办？这样她们就没办法告诉我了！请不要把她们送走。"高瑟看到玛莎露出心碎的表情。

"我懂。我要泡一壶浓浓的魔法花籽茶，让她们保持平静、消除痛苦。喝点茶没事的，不会伤害到她们。"玛莎温柔地摸摸高瑟的手。

"好，那就麻烦你了。"高瑟觉得好无助，不过谢天谢地，还有古怪三姐妹帮忙，她不是孤零零一个人。

高瑟埋头研究母亲的书，拼命想找出拯救姐姐的办法，同时在脑海中一遍又一遍反复播放刚才和玛莎的对话。她选择让海瑟和普琳罗丝服用镇静的魔法花籽茶，而非进入神奇的恍惚状态，她不晓得自己的决定到底正不正确。

"高瑟，拜托你不要再折磨自己了。"露辛达一边翻看玛妮娅的亡灵册，一边通读高瑟的心。

"你在看什么？"高瑟问道。

"帮不了我们的东西。"露辛达把亡灵册放到那堆被归类为"没用"的书里，"我可以问你一个问题吗？你为什么不把你母亲的血分给你姐姐？"

"她们不想要，尤其是普琳罗丝。"

"到了这个节骨眼，如果她还想活下去的话，我认为她没得选择。"露辛达给了高瑟一个忧伤的眼神。

"我好像非得强迫她做她不想做的事。但我不能袖手旁观，然后眼睁睁看着她死掉。"

"我们现在就是这样，高瑟，不眠不休守着两个濒死的人。无论你不想用血的原因是什么，你都必须做出选择。不是用你母亲的血，就是任由你姐姐死去。"

"你说得对。我真的很想找到另一种方法，但现在看来机会不大，我好后悔我们没有早点用血。可是老实说，露辛达，我好害怕，好担心摄入妈妈的血会出什么事。不光是因为海瑟和普琳罗丝会知道我的想法，也因为我怕自己会变得更像妈妈，永远失去她们。"

"要是不用你母亲的血，你绝对会永远失去她们。"露辛达说。高瑟叹了口气："继续找吧。我们得找到举行授血仪式的方法。"

"这里就交给我吧。"露辛达说。

"谢谢。我马上回来。"

高瑟来到姐姐房间门口。熟睡的、美丽的姐姐。

"她们的确很美。"玛莎听见了高瑟的思绪，"我让你们三姐妹单独相处吧，露辛达在哪里？"

"她在藏书室。"高瑟回答，双眼仍凝视着在床上安寐的姐姐。

"我去找她。"玛莎拍拍高瑟的肩膀说。

高瑟悄悄走到姐姐身边，不想吵醒她们，可是她真的好想看看她们的眼睛，好希望她们醒过来。她静静地站在那里望着海瑟和普琳罗丝，想知道她们会不会没事，想知道她们会不会原谅她违反她们的意愿，让她们接受妈妈的血。就在这个时候，神奇的事发生了。

"高瑟，我爱你。"海瑟缓缓睁开眼睛，伸出手来，"牵着我的手，小妹。"

"怎么了？"高瑟牵着海瑟的手，豆大的泪珠不停滑下脸颊。

"我想让你知道，高瑟，我相信你。"

"谢谢你，海瑟，希望普琳会原谅我。"高瑟忍不住大哭起来，抽抽噎噎地啜泣。

"别担心，她会的。"海瑟挤出虚弱的笑容，接着又迷迷糊糊地入睡。高瑟希望海瑟是对的。"睡吧，姐姐，我爱你。"但是海瑟已经睡着了。

高瑟立刻前往金库，结果在走廊里遇到露辛达、鲁比和玛莎，"我去去就回，你们能陪我姐姐吗？"

"当然。这是我们的荣幸。"露辛达说。

当高瑟拿出骸骨钥匙准备开门的时候，一种难以解释的感觉瞬间涌上心头，她觉得妈妈好像在金库里等她。高瑟，不要胡思乱想！她默默告诉自己，或许她感受到的只是妈妈的血，或许根本没什么，是她大惊小怪。可是不管怎么样，她就是摆脱不了那个想法，只能站在那里好一段时间，感觉过了好久好久，才终于鼓起勇气开门。

金库里除了装着家族财产的木箱外什么也没有，重点是她们的钱已经多到一辈子都花不完，因为她的家人都很长寿，长到特别夸张。

专心，高瑟，找到妈妈的血。

她遵照雅各的指示，从天花板往下数，然后推动第七块石头。刹那间，一声轰然巨响，一个石头抽屉从墙上弹出来，打中她的胸口，好像妈妈给她最后一击一样。但那不是最后一击对吧？海瑟和普琳罗丝死掉才是。

"够了，高瑟！"她对自己大声喊话，"海瑟和普琳不会死的！"

妈妈的血正如她的期望，静静躺在抽屉里。鲜红的血装在小玻璃瓶里，用蜡封软木塞封起来，旁边还有一封信，高瑟扫过信上的文字，心猛然一沉，双手不停颤抖。她不忍看见妈妈的笔迹，上面的字体很花哨、很老派，大写字母又大又华丽。是写给她的。

亲爱的高瑟：

　　如果你在读这封信，表示我没有给你我的血就进入陨灭迷雾了。或许你的直觉告诉你要把血分给海瑟和普琳罗丝，但这些血只属于你一个人。

　　如果你姐姐病了，唯一能治疗她们的是黄金花。带她们到玻璃屋，然后在花丛中诵念这段咒文：

　　　神秘黄金花
　　　闪耀像太阳
　　　让时间倒转
　　　带我回到过往
　　　疗愈旧伤痛
　　　请赐我力量
　　　重拾起失落
　　　带我回到过往

回到过往

随着花朵发光，你姐姐也会恢复元气，持续
诵念咒语到她们完全康复为止。高瑟，黄金花就
是你最重要的魔法，也是你们永葆青春的长寿秘
诀。

我邪恶又黑心的女儿，在你准备好进入迷雾
与我和祖先重逢之前，务必保护黄金花。

妈妈

高瑟冲出金库，砰一声甩上门，忘了锁起来。她以
最快的速度奔上楼梯，可是还没跑到姐姐房间就遇见露辛
达，她正要下楼去找她。"噢，高瑟，我真的很遗憾。"露
辛达哭了，她牵着高瑟的手，带她到海瑟和普琳罗丝的卧
房，鲁比和玛莎脸上都是湿湿的泪痕，她们在为她的姐姐
哭泣。

"怎么了？"高瑟问道，但眼前的景象说明了一切。海
瑟和普琳罗丝都死了，她还在金库若有所思，姐姐们就断
气了，都是因为她耽搁了太多时间，所以她们才会死。

"真的很对不起，高瑟，露辛达本来要去找你的！"玛

莎哭着说。

"发生什么事了?"高瑟跑到姐姐床边问道。

"我不知道!她们突然就没呼吸了!"玛莎看起来好伤心。

"雅各!雅各!"高瑟放声大喊,连忙跑到壁炉前摇铃叫人。

"我去找他!"露辛达边说边跑出房间,"别担心,我会找到他的!"

"叫他带一些活死人来,我要把海瑟和普琳罗丝带去温室!"

高瑟在房里不断踱步,心脏扑通扑通狂跳,"她们不能死!她们不能死!都是我的错。天啊,拜托别让她们死。"

鲁比和玛莎走到高瑟身边搂住她,试着让她冷静下来,"好了,高瑟,没事的。"过没多久,雅各带着仆人拥入房间,"雅各!快把她们带去温室,快!"

房里每个人都看得出来雅各觉得那样做于事无补,但他还是听从了冥后的命令。活死人仆人将海瑟和普琳罗丝的尸体轻轻抱在怀里,抬下楼梯,悄悄带往温室。

"雅各,小心一点!别伤到她们!"

高瑟和古怪三姐妹跟着活死人走出宅邸，穿过庭院，进入温室。温室虽然不像玻璃屋那么大，但就建筑结构来说非常漂亮，玻璃窗和铰链式天花板可以在需要的时候敞开，接受阳光和雨水洗礼。活死人站在那里，想知道要将海瑟和普琳罗丝放在哪里好。

　　"把她们放在那里，放在花旁边的地上！"高瑟说。

　　"有什么我能帮忙的吗？"活死人遵照高瑟的命令放下尸体后，雅各开口问道。

　　"不用，给我一点空间就好。"高瑟回答。

　　她从口袋里拿出皱巴巴的信，以颤抖的双手抓住信纸，用颤抖的声音诵念咒文。

神秘黄金花

闪耀像太阳

让时间倒转

带我回到过往

疗愈旧伤痛

请赐我力量

重拾起失落

带我回到过往

回到过往

黄金花的光芒随着高瑟念咒逐渐变亮，但海瑟和普琳罗丝依旧杳无生气。

> 神秘黄金花
>
> 闪耀像太阳
>
> 让时间倒转
>
> 带我回到过往
>
> 疗愈旧伤痛
>
> 请赐我力量
>
> 重拾起失落
>
> 带我回到过往
>
> 回到过往

什么也没发生。高瑟顿时陷入恐慌，不知道该怎么办才好。

"妈妈说这行得通！她说这样能治好她们！"

"我想只有一朵花是不够的，高瑟。"雅各无助地说，看到高瑟这么难过，他的心都碎了。

“高瑟，我们跟你一起念，或许我们的魔法能帮上忙！”露辛达提议。

“啊，好！太好了！”高瑟和古怪三姐妹再度诵念咒文，亢奋的语调中充满了不顾一切的绝望。

　　　　神秘黄金花

　　　　闪耀像太阳

　　　　让时间倒转

　　　　带我回到过往

　　　　疗愈旧伤痛

　　　　请赐我力量

　　　　重拾起失落

　　　　带我回到过往

　　　　回到过往

还是没反应。“再念一遍！”高瑟大叫。

露辛达给了鲁比和玛莎一个眼神，仿佛在说一切都是徒劳，不过她们还是照高瑟的意思再念一遍。这一次，她们汇聚了所有力量，将召唤传送到各大王国和更遥远的地方，希望世界上其他女巫能将自身法力传递回来，挹注到这个可怜的小女巫身上。她最爱的姐姐正逐渐离她而去。

神秘黄金花

闪耀像太阳

让时间倒转

带我回到过往

疗愈旧伤痛

请赐我力量

重拾起失落

带我回到过往

回到过往

就在这个时候，海瑟和普琳罗丝的身体开始抽搐。她们短暂睁开眼睛，直直盯着高瑟，

"拜托让我们死吧！"普琳罗丝说完，身体剧烈震颤。

"再念一遍！"高瑟放声大喊，"一定要把她们救活！"

"来吧！再念一遍，这次要用我们全部的力量！"露辛达大喊道。

神秘黄金花

闪耀像太阳

让时间倒转

带我回到过往

疗愈旧伤痛

请赐我力量

重拾起失落

带我回到过往

回到过往

"有用吗？有用吗？"鲁比问道。

高瑟打了海瑟和普琳罗丝一巴掌，想叫醒她们，"海瑟？普琳？醒醒啊！海瑟！"

高瑟彻底崩溃，她哭个不停，巴掌越甩越大力，想把她们打醒，最后鲁比和玛莎不得不把她拉开。露辛达看着高瑟，想转移她的注意力，"高瑟，看着我，听我说，她们走了。我们无能为力，我们已经尽力了。"

"不！我才不会放弃！"高瑟连忙爬向海瑟和普琳罗丝，想回到尸体旁边，古怪三姐妹则紧紧抱着她。她发出一声可怕又粗哑的尖叫，震破了温室里每一扇窗户，细碎的玻璃如雨点般落在她们身上。高瑟倒在地上拼命挣扎，想回到姐姐身边，结果被玻璃割伤了。露辛达用手捂住高瑟的眼睛说"睡吧"，高瑟就这样陷入无梦的沉眠，痛苦随之终结。露辛达不忍心看到高瑟受这种折磨，她无法想象高瑟的感觉，失去姐妹也是露辛达最大的恐惧。

露辛达为高瑟、海瑟和普琳罗丝伤心。

她想，至少海瑟和普琳罗丝能在冥界互相作伴。现在只剩高瑟孤零零一个人了。

第 **18** 章

姐妹情殇

高瑟睡得宛如在童话故事里，几乎没有尽头，但她的睡眠不是诅咒，而是古怪三姐妹赐予的祝福。海瑟和普琳罗丝死后，雅各在一片混乱中送走了三姐妹。露辛达、鲁比和玛莎并没有发牢骚，只是她们在离开前又留下一个魔法给高瑟。一点小小的魔法。

"节哀顺变，小女巫。"她们对着沉睡的高瑟说。

"这个世界黑暗自私又残酷。哪怕只有一丝阳光，也会摧毁殆尽。睡吧，直到你心上的伤口愈合为止。"露辛达在高瑟耳边低语，吻了她的脸颊，然后牵着玛莎和鲁比的手离开死亡森林。

雅各对古怪三姐妹表达感谢，说他一定会好好照顾高瑟。"雅各，需要帮忙的话就来找我们。"露辛达在抵达玫瑰丛时说，虽然雅各答应了，不过他心里根本没这个打算。"我们留下了一只乌鸦，如果高瑟有什么需要，可以派乌鸦过来。"

雅各点点头，看着三个女巫如幽灵穿过玫瑰丛。眼前的景象让他毛骨悚然，他都不知道自己居然还能有这种感觉。古怪三姐妹的离开让他松了一口气，但他的心思很快就飘到高瑟身上，他沉睡的小女巫。

雅各这辈子从没遇到过死亡森林中没有冥后的情况。高瑟没有摄入玛妮娅的血，就算有，她也无法在睡梦中统治亡者国度。雅各别无选择，只好暂时摄政。

他替海瑟和普琳罗丝打造了一座宏伟壮丽的地下圣堂，庭院左边还放了极其美丽、酷似高瑟的哭泣天使雕像。她们的地下圣堂和哭泣天使像位在通往亡者之城的林荫步道另一侧，就在活死人大军沉睡的边界上。雅各尽量把她们安葬在亡者之城边角，但他知道那里的土壤仍浸透着玛妮娅的魔力，他每天都提心吊胆，生怕海瑟和普琳罗丝会从坟墓里爬起来听命于他。若真是如此，那简直是活生生的噩梦。这个想法让雅各非常害怕、担忧不已。他担心高瑟醒来后会因为太过悲痛，企图用这种方式让海瑟和普琳罗丝复活。因此，他吩咐仆人小心地将地下圣堂建在边界上，并把藏书室里所有关于招魂术的书都拿出来，以免高瑟出于绝望而失去理智，尝试降灵。

他会告诉高瑟这些书已经销毁了。他会说谎，这不是第一次了。玛妮娅在书里写下了关于他的事，然而高瑟读得不够仔细，误解了其中的含义。没错，他是受高瑟束缚，但不是她想的那样，他的职责就是要保护她，所以他会把书藏起来，会阻止她做出愚蠢的选择。他要保护她，他会说谎。

雅各不知道高瑟会不会醒。随着时光流逝，他开始考虑写信给古怪三姐妹。年复一年过去，多到他数不清。雅各将高瑟的床移到晨间起居室的玻璃穹顶下，好让床头柜上的黄金花盆栽得到充足的阳光，他自己则天天睡在床边陪伴高瑟，并经常诵念玛妮娅写的咒文，也就是高瑟当时在温室里念的咒语，这样黄金花才能永葆她的青春美丽。因此，尽管高瑟陷入沉睡，尽管周遭的风景随四季更迭，岁月依旧没有在她年轻的脸庞和乌黑的秀发上留下痕迹。在黄金花的魔力下，高瑟丝毫不受时间影响，成为永恒的存在。或许三胞胎姐妹的魔法对此也有所帮助吧，雅各并不清楚。

他决定写信给古怪三姐妹，她们留下的乌鸦一直在死亡森林中最高大的树上守候，甚至还替自己筑了一个窝，除了高瑟外，乌鸦是森林里唯一的活物，有时它会在树林上空盘旋，发出嘎嘎的叫声，但最后总是会回到那棵大树上。雅各吩咐仆人每天替乌鸦准备食物，放在树下的木桶里，他不时会看到乌鸦在蛇发女妖喷泉里喝水或洗澡，他没有怀疑乌鸦怎么活得这么久。多年来，雅各服侍过许多女巫，见过不少稀奇古怪的事，在他的经验里，如果乌鸦还活着，三胞胎姐妹就可能活着，于是他便用乌鸦寄了一封简单的信请求三姐妹帮忙，唤醒悲伤的高瑟。死亡森林已经很久没有冥后了。周遭的世界不断变化，他开始担心高瑟的安危和健康。

可是古怪三姐妹并没有出现，只是把咒语寄给雅各，要他自己唤醒高瑟。她们很难过无法亲自前来，还写了多封夹杂三种字迹、显然是三人共笔的道歉信，而且字字真诚，她们都很担心高瑟。三姐妹保证，只要可以，她们一定会来，但不确定是什么时候，因为她们的小妹瑟西有生命危险，正在想办法、尽己所能地救她。她们答应，等她们熬过这场苦难，不再焦头烂额，就会来探望高瑟，帮助她度过这段哀恸期。

只要可以，如果可以，她们一定会来。

古怪三姐妹派了她们的猫普兰兹前来。普兰兹是一只漂亮的玳瑁猫，身上有黑色、橘色和白色花纹，一双眼睛又大又迷人，似乎总是在打量端详，评估对方。她的爪子是白色的，像蓬松的棉花糖，而且她常常微调猫爪，把身体的重量从这一只移到那一只，几乎就像在跳舞一样，过程中还会直直望着雅各的眼睛，仿佛在警告他，要是敢问她在想什么就试试看。乌鸦回来后不久，普兰兹就来了。雅各知道她不是普通的猫，魔法生物只要看一眼就能认出同类，但也可能是因为气味的关系，雅各也不太确定，不过他相信那只猫是来帮忙的。他打从一开始就很喜欢普兰兹，但普兰兹对他似乎没什么好感。

雅各决定暂缓施展古怪三姐妹寄来的咒语。高瑟的悲痛让他心生畏惧，他很怕她会做出什么傻事，他不想让她又一次心碎，不想看到失去姐姐的事实再度席卷、吞噬她的灵魂。可是死亡森林需要女王，或许高瑟能在哀恸中转化，成为真正的冥后，毕竟她经历了世人所能想到的最痛苦的丧失。

她失去了姐姐，失去了家人。

普兰兹跳上高瑟的床，依偎在她身边，仿佛在安慰即将苏醒的她。“时候到了，雅各爵士。该叫醒你的女王了。”

雅各听见普兰兹的声音在他脑海中回荡。从前玛妮娅也会这样，不用真实的嗓音和他沟通，而且声音非常清晰，就像在大声说话。他并没有质疑一只猫怎么会有这种交流能力，毕竟这只猫是由三名女巫送来的，她们的力量强大到连玛妮娅都怕。高瑟自认是母亲预言中的女巫之一，但雅各不同意这个观点，他知道那三个女巫指的是露辛达、鲁比和玛莎。然而他的确开始怀疑玛妮娅对异象的解读，或许这一切都是玛妮娅自己造成的。算了，无所谓了。

他脑袋里再度浮现普兰兹的声音。很多古代历史牵涉到自我实现的预言是有原因的，能看见异象的人注定难逃劫数。

雅各没有回答。他知道普兰兹是对的，他从外套口袋里拿出古怪三姐妹写的信，对高瑟诵念咒语。

唤醒哀恸的灵

带她踏进光里

赶走所有悲伤

驱逐暗夜阴郁

高瑟慢慢睁开眼睛，适应从玻璃穹顶天花板射入的光线。她环顾起居室，好像在找什么东西或什么人。她坐起身，默默哭了起来。

"她们死了对不对？那不是梦？"眼泪顺着她的脸颊滑

落下来。

"对，我的小女巫，那不是梦。我真的很遗憾。"雅各看着高瑟噙着泪水回到床上。

"所以妈妈说对了，我想我注定要孤独一人。"

高瑟在马车屋里醒来。她不晓得自己怎么会在那里，只依稀记得有人硬把她拉出海瑟的地下圣堂，不过她被拉走时确实看到地下圣堂刻的文字。

三姐妹，永不分离。

雅各把这些字刻在石头上，他这么做是出于尊重，完全没料到高瑟看见会伤心。这个誓言让她想起自己辜负了海瑟和普琳罗丝。她无时无刻不想跟姐姐们待在一起，但雅各又会把她拉出去不是吗？她连自己动身前往姐姐的安息地都不记得了，只记得在晨间起居室里醒来，接着在马车屋里醒来。她甚至不知道自己睡了多久，海瑟和普琳罗丝又死了多久。

雅各也无法给她答案，只说："在死亡森林里，时间没有意义。"

可能是几天，也可能是几百年，高瑟不知道。从马车屋的窗户望出去，可以看见玫瑰丛另一边冒出许多尖顶，是一座城堡。森林周围不再是住满愚民的小村庄了，森林外头有一座熙攘的城市，城市边缘似乎有许多机能复杂的村镇，更远处还有一个繁荣的王国，就在她的玫瑰丛外面。建立一个王国要花多少年？世界在我沉睡时变了这么多，这一切雅各一定都看在眼里。说不定古怪三姐妹知道她睡了多久？不晓得她们住的地方有没有时间概念？我应该问问她们。高瑟暗自决定，如果三姐妹有来，一定要问个清楚。

这段时间，古怪三姐妹的猫一直待在她身边，整天注视着她，观察她的一举一动。

虽然玫瑰丛外发生了很大的变化，边界内的情况却和从前差不多。岁月并没有啃噬海瑟和普琳罗丝，在雅各把她拉出来带到马车屋休息之前，高瑟走进地下圣堂时看得一清二楚，她很庆幸死亡没有完全带走她们，两位看起来就像生前一样，沉睡、美丽，她的姐姐。永不分离。雅各把她们的陵墓安置在边界上，离这片施了魔法的土地很近，近到足以保存她们的遗体，但又不能让她们从死里复活。

雅各很聪明，高瑟心想。他和古怪三姐妹看透了一切，甚至看透了她的哀恸，才派普兰兹来陪她。她觉得自己好像被洗劫一空，失去了回忆，失去了姐姐，失去了悲伤，甚至不知道自己醒了多久。

是昨天。你昨天醒的，而且坚持要见你姐姐，我们说你的身体太虚弱，但你听不进去，结果累到昏厥，雅各才把你安置在这里，宅邸太远了。

高瑟飞快地环顾四周。她开始出现幻听了吗？

"年轻的女巫，我的女巫没有夺走你的悲伤，而是赐予你平静的心灵，你需要集中精神把你姐姐带回来。这不正是你想要的吗？"

是普兰兹，她坐在床沿，用那双闪亮的眼睛看着高瑟。高瑟笑了，她本来就在猜这只猫一定不简单，没想到露辛达、鲁比和玛莎居然送她一只会说话的猫。

"我当然想要！你觉得我该怎么做呢？"高瑟问道。"我不知道。但你似乎认为这和一朵花有关。"

"花！对，没错，可是一朵黄金花的魔力不够，不能让死人复活。""显然够让你睡了这么多年还青春永驻了。"

"喔！我睡了多久？说不定还有更多黄金花！"

高瑟起身打算前往温室，结果又跌到沙发床上，她感到头昏眼花、四肢无力，一站起来就眩晕。

"高瑟，你要好好休息，你被施了魔咒这么久，多年的睡眠很明显会让人精疲力竭。"

"真的很明显。"高瑟叹了口气，"你可以帮我找雅各吗？我需要和他谈谈。"

"他就在门外。他一直都在不远处守护你，小姐，他很担心你，拜托你让这个可怜的家伙放心，让你自己痊愈吧。"

这时，外头传来一阵敲门声，高瑟还来不及说请进，门就开了，是雅各。"高瑟！"

"雅各，对不起，身体完全复原前我不会再试着起床了，我保证。抱歉让你担心了。"

"不，高瑟，听着。我安排了一辆马车和几辆货车带你和普兰兹离开，我已经派了一只乌鸦给普兰兹的主人，她们会知道要去哪里找你，你必须马上离开这里！"

"什么意思？你为什么要送我走？"

"王国的皇家护卫军正朝着死亡森林过来，而且一小时内就会到，我要你在他们抵达之前离开。"

"为什么？他们为什么要来？"

"他们想要黄金花，高瑟。他们的王后病了，需要花的力量，而且王后怀孕了，国王希望不惜一切代价，来拯救王后和孩子。"

"可是他们怎么会知道花的事？我不懂，是谁告诉他们的？"

"抱歉，高瑟，我不知道。"

"我不能丢下海瑟和普琳罗丝！也不能没有花！"

"我知道。我已经把你姐姐放在装满黄金花的木箱里，那些花应该能在旅途中保护她们的遗体不受影响。我早就准备了一套预防措施，以免这种事发生，我帮你们三姐妹找了一间远离森林的小屋。"

"你把黄金花都摘下来了？"高瑟大为震惊。

"我别无选择！高瑟，没时间了，你必须马上离开！"

"小屋有多远？去那边要多久？黄金花撑得住吗？"

"应该可以。"雅各回答。

"我该拿已经摘下来的花怎么办？"

"小屋那边还有更多花。你沉睡的这些年，已经打发我的人过去种了。"

"你怎么知道真的有这间小屋？你怎么知道不是这个人泄密，把花的事告诉国王？"

"我相信他，高瑟。现在我需要你相信我。摘剪下来的花还是有魔力，应该能持续到你抵达小屋，我希望小屋里的花够你用，让你姐姐复活。"

"那你呢？你不跟我一起去吗？"

"我必须留在这里捍卫死亡森林，得让对方认为我们是为了保住这里仅存的黄金花而奋战。"

"我不能丢下你一个人，雅各。我要怎么知道你的消息？我要怎么知道你没事？"

"一结束我就写信给你。如果你两周后没收到我的信，就表示情况不太顺利。"

"不，雅各！我不会离开你的！"

"高瑟，你该走了！你没有你母亲的魔力，没办法保护自己，更别说抵抗这支军队。我不能让你留在这里，保护你是我的责任！货运马车上载了很多箱子，里面都是你母亲的书、你的衣服和所有必需品，钱我也准备好了，能带多少是多少。好了，求求你快走，我不想像处罚不听话的小孩一样把你捆起来，但必要的话我还是会做。"

高瑟看见雅各的脸上写满绝望。她知道自己别无选择，只能望着眼前这个高大的骷髅好友，然后挤出一抹微笑。她知道自己再也见不到他了，他为了救她们三姐妹而放弃了自己。

"好吧，雅各，带我到马车那里吧。"高瑟抱起普兰兹慢慢走过庭院，用空出来的那只手抓住雅各手臂，好让自己站稳。她知道此生再也看不到这片森林了，而且妈妈的预言没错，她摧毁了死亡森林，她就是异象里的女巫，跟古怪三姐妹完全无关。她就是让一切化为乌有的元凶。假如妈妈还活着，一定不会让这种事发生。这时，她突然想起一件事。

"雅各！血！也装在箱子里吗?"

"对，我的小女巫。我希望有一天你会决定接受你母亲的血，回来收复死亡森林。"

"我会的，雅各，我保证，我回来后一定会让你复活。"

"这倒不必，小姐。我很爱你，但我终究还是想回归平静，好好安息。"

"当然，雅各，这是你应得的。"高瑟吻了他的脸颊。

"谢谢你，我的小女巫。快走吧，不要回头。我不忍心看到你离开时回头看我。"雅各一边说，一边扶着高瑟和普兰兹上马车。

"我不会回头，雅各，但我希望你知道我会很想念你，知道我很爱你。"

"我知道，我的小女巫。我都知道。"雅各轻吻她的脸颊作为告别，接着用瘦骨嶙峋的手用力拍拍马车侧身，让车夫知道该启程了。

直到多年后，高瑟才起了疑惑，想知道皇家护卫军究竟是怎么突破森林的保护魔咒。然而这个当下，马匹在尘土飞扬的路上疾驰，她的心也随之狂奔，前往她的新家。

离开这个她熟悉的世界。

第 **19** 章

高瑟的新家

"我以为她们早就到了。"鲁比眯着眼睛望着道路远方，希望能看见高瑟和普兰兹的马车驶来。

　　"鲁比，要是她们来了，我们一定看得到。"露辛达说。

　　"希望她们没事！雅各送她们离开后就完全没消息了。"玛莎不安地拨弄洋装上的蕾丝。古怪三姐妹看了一下高瑟的新家，说真的，简直和乡村别墅没两样，根本不是雅各在信中提到的"小屋"，但规模确实比不上死亡森林的女巫宅邸。不过，古怪三姐妹认为高瑟在这里会很快乐，因为房子周围有一道岩石围墙，上头有扇木门，院子里种满了美丽的樱花树、杏仁树和木兰树，还有香气扑鼻的忍冬花、茉莉花和薰衣草，是一栋极富田园风情的建筑，就像在罗曼史里读到的那种，有长满苔藓的石头、枝叶繁茂的常春藤和爬满玫瑰的棚架。一名年轻女子及其姐妹在风波平息后搬进去的那种房子，但读者就很疑惑了，因为这栋美丽的房子非常迷人，任何人都会想拥有，不懂屋主为什么会抱怨起居室的大小，或是客厅太挤放不下钢琴诸如此类的事。

这栋房子有两层楼，楼下有双客厅、厨房、饭厅和一间高瑟可以用来当成藏书室的起居室；楼上是卧房，三姐妹各一间，另外比较小间的是佣人房，高瑟可以自行决定要不要聘雇女佣，采光良好的阁楼也可以拿来练习魔法。古怪三姐妹觉得雅各做得很好，替高瑟找了一个环境优美、充满生机又舒适的家。

三姐妹用魔法把自家安置在附近，不出高瑟新家的范围。那里有一片可爱的野花田，旁边还有一条小溪，上面有一座拱桥可以通往最近的城镇，去添购各种食品和其他杂物。花田另一边是高耸陡峭、岩石嶙峋的黑色悬崖，可以俯瞰辽阔的大海，是个非常漂亮的地方。

"他们会不会是在附近的城镇停下来休息？"鲁比说。

"一定是这样。"玛莎显然非常担心。

"好吧，我看你们两个在这里等，我去镇上买点高瑟需要的东西。"露辛达对妹妹笑了笑，又补了一句，"我很快就回来。"然后走向伫立在野花田里的小屋。

这是一栋非常有魅力的绿色小屋，走姜饼屋风格，缀满了黑色百叶窗和彩绘玻璃窗，屋顶还是女巫帽的形状。露辛达走进屋里，从厨房的大圆窗对鲁比和玛莎挥手喊道："妹妹，别担心，我相信她们很快就到了！说不定比我还快呢！"说完她便乘着这栋绿色小屋离开，直上天际。露辛达很少一个人搭乘小屋旅行，她们三姐妹总会一起飞来飞去，她看到下方渺小的姐妹露出忧虑的表情，感觉好奇怪，或许她们看到她一个人飞走也觉得很奇怪。露辛达心想：亲爱的，别担心，我很快就回来了。

进入云层那瞬间，女巫帽小屋就带着露辛达抵达目的地，准备降落。那是一个可爱的小镇，街道上商店林立，有服饰店、肉铺、贩售各种农产品和草药的露天市场，还有专门烤面包和制作动物糖果的面包师。他的烘焙坊前面有两个大大的展示窗，一个放着可食用的野生动物糖，另一个则是他向路人炫耀才华的地方，让好奇的民众欣赏他制作甜点的手艺。

露辛达很期待看到高瑟走在鹅卵石小路上，对琳琅满目的商店惊叹不已。帮她买东西让她有点内疚，仿佛夺走了她的快乐。但她知道，高瑟抵达新家后一定累坏了，她想让她在陌生的环境中过得舒服一点。

露辛达的第一站是裁缝和针线店，店名就叫"华丽与虚浮"，她觉得很有趣，还注意到商店橱窗里有许多小卡，上面写着各式各样的服务和顾客需求。

露辛达走进店里，上方的铜铃也随之响起，引起了女店主注意，原本她正忙着在柜台后面整理缎带，看着露辛达问道："你好，需要什么吗？"露辛达突然很庆幸自己思虑周全，穿了一件不起眼的衣服，身上那件深紫色洋装非常朴素，只有边缘镶着精致的黑色蕾丝，她头上也没有常戴的发饰，她觉得自己来这些小城镇最好尽量低调，她可不想吸引不必要的目光，让别人注意到她或高瑟。

"你好，午安！"露辛达说，"我有注意到橱窗里的广告，因为我妹妹要搬进新家，就在隔壁镇那边，我想先替她安排好，找一个愿意购物的厨师，可能还要一个能处理家务、打扫房子的女孩，我可以看一下征人小卡吗？"

女店主在柜台后方微笑看着露辛达，放下缎带，似乎在思考什么。"嗯，我知道有一个很适合的人，她的评价很好，不过先提醒你，她的年纪大了，但做事很勤奋，如果只是小房子，她应该能一手包办，把事情通通搞定。"

"只要对她来说，负担不会太重就好。如果工作量增加，我妹妹也很乐意支付更多薪水，请问什么时候能安排她过来？"露辛达笑着说。

女店主递给露辛达一些手写的推荐信和一张印有那位女士姓名的名片。

"看样子一切都没问题了。我想你应该确认过她的推荐信吧？"

"喔，当然。"

露辛达笑了。"对不起，我完全忘了自我介绍。我叫白露辛达。"

"很高兴认识你，小姐。我叫勒芙蕾丝，这是我的店，开了六年了。"

"很高兴认识你，勒芙蕾丝女士，你的名字很好听，真的很谢谢你的协助。可以麻烦你联络这位蒂德巴顿太太，告诉她我们想请她过来帮忙吗？"露辛达一边说，一边给勒芙蕾丝一张写有高瑟地址的卡片，接着又补充说明，"如果蒂德巴顿太太对工作量有任何异议，请再多找一个能力不错的年轻女孩来负责打扫环境。"

"蒂德巴顿太太是个有话直说的人。别担心，我会跟她说可以多找一个人手。"勒芙蕾丝笑着说。

"太好了，等她准备好之后，我们会派马车来接她，载她的行李。"

"我会如实转达，还需要什么吗？"

"先这样，真的很谢谢你，"露辛达拿了一小袋钱币给勒芙蕾丝女士，"这是一点谢礼，祝你有个愉快的一天。"

　　"谢谢你，小姐！有空再来！"

　　露辛达踏出店门，铜铃再度响起。每次看到别人听见她的姓氏时脸上的表情，她都会在心里偷笑。勒芙蕾丝女士称她为"小姐"，表示她知道露辛达是白国王的亲戚。

　　看样子她表亲的名字传得还真远。别管这些了，露辛达告诉自己，还有很多事要做呢。她花了一个下午逛街，在各式商店中穿梭来去，订了许多东西送到高瑟的新家。购物接近尾声时，她已经买了一大堆足以塞满储藏室的食物、寝具还有高瑟可能需要的东西。幸好雅各前几年买下这栋房子时顺便添购了家具，还心思缜密地盖住白布防尘，好让他的小女巫搬进来后有个干净的家。露辛达心想，希望鲁比和玛莎有记得要在高瑟来之前把白布拿掉。

　　露辛达只带了一个装晚餐的篮子回到高瑟新家。她不确定那些货物要多久能送达，觉得最好还是先带回晚餐。

　　露辛达乘着绿色小屋飞过空中，降落在那片美丽的黄色野花田时，发现高瑟的马车和货车就停在家门口，她们一定在屋里了，鲁比和玛莎兴奋地跑到窗户旁等露辛达降落，想告诉她高瑟和普兰兹终于到了。

"露辛达！露辛达！她们来了！"鲁比和玛莎大声尖叫。

"对，我看到了。我们的小女巫还好吗？"露辛达笑了起来。

"喔，她累坏了！"玛莎说。

"而且很痛苦！"鲁比补充。

"我想也是，那普兰兹呢？"露辛达说。

"喔，她好得很！"鲁比说。

"她和高瑟在楼上！"玛莎说。

"那我们留下来照顾小女巫好吗？现在没有人会关心她了，她会需要我们，最起码要等到她的厨师蒂德巴顿太太过来才行。"

听到厨师的名字，鲁比和玛莎交换了一个有趣的眼神，似乎觉得很好笑。

"蒂德巴顿太太？"她们咯咯笑了起来。

"对，蒂德巴顿太太，拜托你们克制一下。"

"露辛达，我们应该不会待太久吧？我们还有瑟西的事要处理。"鲁比问道。

"别担心，妹妹，我们不会待太久，我保证。我只希望有人能好好照顾高瑟，我们把普兰兹留在这里，叫她帮忙注意一下情况吧。"

玛莎环顾四周想看看有没有人在偷听，好像高瑟会突然从窗帘后面跳出来似的。"露辛达，你觉得高瑟会跟我们分享黄金花的魔力吗？你有看到花吗？我到处都找过了。"

"嘘。我也没听见什么风声，现在先不要拿这个来烦高瑟了，我们去楼上吧，她应该在休息吧？"

"对！她和普兰兹在楼上。喔，露辛达，她状况很不好，长时间沉睡让她筋疲力尽。"

"她失去了家，失去了雅各……"露辛达说。

"更别说她姐姐了。"玛莎说。

"我们一定要尽力帮助她，我们很清楚失去妹妹是什么滋味。"露辛达说。

"但我们会把瑟西救回来的对吧，露辛达？"

"没错，亲爱的，我们无论如何都会把她救回来。"

第 **20** 章

没有姐姐的世界

"花！"高瑟慌慌张张地从床上坐起来，"花？花在哪里？"

　　露辛达飞也似的冲进房间，"我们只找到一朵花，高瑟，只有一朵。可能是雅各前几年种的，看来那些花并没有像他所希望的那样繁茂成长，不过这片土地也没有魔法。"

　　"那海瑟和普琳罗丝呢？她们在哪里？"高瑟追问。

　　"雅各以为把亡者之城的魔法土壤放进棺材里可以保存黄金花，可是很遗憾，放在棺材里的花都死了。"

　　"这样我要怎么救她们？"

　　"我不知道，亲爱的。我们关心的是你的健康。"

　　高瑟陷入沉睡太久，脑袋迷迷糊糊，不仅思绪混乱，沟通上也有困难，一旦冒出疑惑，她就会陷入恐慌，只能像机关枪似的拼命丢出问题。

"血！血在哪里？我们来多久了？行李是谁拆的？"

"是我们拆的，高瑟。我们不想让蒂德巴顿太太看到那些可能会让她害怕或困惑的东西。"

"蒂德巴顿太太是谁？"

"你的新厨师，亲爱的。百分之百值得信赖，我们已经确认过了。"

"我该问是怎么个确认法吗？"

"不，不是那样，我保证完全没有魔法介入。"露辛达笑着说。

"可是金库里那些箱子呢？放在哪里？"

"我们把黄金和你姐姐一起放在地窖里。只有你有钥匙，就在床头柜抽屉，当然，蒂德巴顿太太有其他地方的钥匙。"

"我的书呢？"

"在起居室。我们把那边整理成藏书室，在你睡觉时都安排好了。"

"我们来多久了？"高瑟看着花卉图案的壁纸问道，那是一朵漂亮的、布满灰尘的深褐色玫瑰，跟她以前的家很不一样。

"几天而已，高瑟，我们才刚到。"露辛达说。

"我觉得自己好像来到一个完全不同的世界。"高瑟望着窗外的野花海和开满粉色花朵的树。

"没错，亲爱的，但这个世界很美，不是吗？"

"大概吧。"高瑟说，"露辛达？"

"怎么了，亲爱的？"

"我在死亡森林里睡了多久？"

"很久，高瑟。一直到雅各写信来，我才发觉原来已经过了那么久。"

"我要去地窖。我猜雅各把妈妈的血和金库里的东西打包在一起。"高瑟试着起身，但旋即一阵头晕。

"我去吧，你还是很虚弱，需要找什么？"露辛达问道。

"有一个有蜡封软木塞的玻璃血瓶，应该放在木箱里。"

"我马上回来！顺便叫蒂德巴顿太太泡茶给你喝。"露辛达一边说，一边掏出床头柜抽屉里的钥匙。

高瑟在一个她毫不在乎的世界中醒来。一个没有魔法的世界、没有雅各的世界、没有姐姐的世界。

她从没想过自己有一天会生活在一个没有姐姐的世界，她不太知道下一步该怎么做。少了死亡森林，少了海瑟和普琳罗丝，她的人生会变得怎么样呢？她所知的人事物不是惨遭毁灭，就是死亡，连她深爱的雅各和他的活死人大军也可能化为尘土，女巫宅邸或许成了一片废墟。

这一切都是为了让某个生病的王后得到珍贵的黄金花。

蒂德巴顿太太站在门口清嗓子的声音打断了高瑟的思绪，将她拉回现实。

"你好，小姐。你姐姐要我泡些茶过来。"

"我姐姐？我姐姐在这里吗？她们在哪里？"高瑟问道。

"露辛达小姐去地窖找东西了，鲁比小姐和玛莎小姐在藏书室里。"蒂德巴顿太太给了高瑟一个悲伤的微笑。

"啊，对，我知道了，谢谢你。"

"可怜的孩子。你姐姐说你病了太久，所以脑筋有点糊涂，别担心，我会用你最爱的食物把你喂饱饱的，让你恢复元气！"

"谢谢你，蒂德巴顿太太。"高瑟端起茶说。

"高瑟小姐，请把这些茶喝完吧。"

"请叫我高瑟就好。"

"你可以叫我蒂德太太。"蒂德巴顿太太笑着说。

"谢谢你，蒂德太太。"露辛达两手空空走进房间，"如果你不介意，我想我们可以在花园吃午餐，今天天气很好，我想让我妹妹出去透透气。"

"这真是个好主意，露辛达小姐。我正在用烤箱做她最爱吃的菜呢，我最好下去看看，免得烧焦了。"她一边说一边快步走出房间，前往楼下的厨房。

"找到了吗？"

"没有，高瑟，对不起。"露辛达摇了摇头。

"一定在某个地方！"

"如果在这里，我们一定会找到的，我保证！"露辛达坐在高瑟旁边，握住她的手，"听我说，你姐姐现在很好，很安全。我知道你很想唤醒她们，我懂，相信我，我真的懂，可是我很担心你。我们能不能先好好调养你的身体？等你恢复健康后再处理你姐姐的事，好吗？"

"好吧，大概吧。"

"怎么了？"

"你为什么跟厨师说你是我姐姐？"

"高瑟，这是一个小镇，大家都很爱八卦。你是一个没有家人的年轻女子，我不想让镇上那些爱讲闲话的人编造荒诞的故事，挖掘你的背景，或是给你添麻烦。你也不希望国王派人去寻找仅存的黄金花吧？"

"你好聪明，露辛达，谢谢你。对了，你有雅各的消息吗？你知道我的领地发生什么事吗？"高瑟说。

"你的领地恐怕已经没了……就算有也所剩不多。"露辛达愁眉苦脸地回答。她知道高瑟很喜欢死亡森林。

"雅各呢？"高瑟继续问。

"他也走了。"露辛达似乎只能说坏消息。

"那他终于可以安息了。"高瑟捏捏露辛达的手。

"嗯，他应该要好好安息，因为他值得。对吗？"露辛达问道。

"对，他非常值得。"高瑟抹去脸上的泪水说。

第21章

永年孤寂

自从露辛达、鲁比和玛莎协助高瑟安顿下来到现在，又过了好几年。这段日子，高瑟独自一人跌跌撞撞地摸索这个世界，展开新的外地生活，忠心耿耿、做事勤奋的蒂德巴顿太太则随侍左右，负责处理所有家务，所以高瑟连用来转移注意力、让自己忙到忘记寂寞的机会都没有。更惨的是，古怪三姐妹还带走了普兰兹，那只玳瑁猫就和主人一样，急着想知道她们的小妹瑟西出了什么事。这些年对高瑟来说，漫长到就像一辈子。

　　最初几个月，高瑟觉得自己被遗弃了。古怪三姐妹和普兰兹乘着一栋隐形的房子飞去处理比高瑟更重要的事，留她孤身一人、毫无防卫，没有魔法能保护自己。

　　古怪三姐妹离开前，她们曾彻底搜索过房子，检查雅各打包的物品，甚至把所有书都抽出来看看，是不是里面被挖空藏了玛妮娅的血。古怪三姐妹离开后，高瑟又地毯式地搜遍每一样东西，除了再度确认外，也是因为她根本没事做，就连箱子里的钱币也全被她拿出来，但她也懒得放回去。母亲的血根本不在那里，血不见了。

就和她生命中其他事物一样。

她觉得人生没有意义，毫无目的。就算她能唤醒海瑟和普琳罗丝，也不确定这是不是她们想要的生活，不知道住在那栋有花卉壁纸和精致家具的房子里，她们会不会感到快乐。她想起自己在死亡森林里、与古怪三姐妹努力让姐姐起死回生的那一天，可怕的画面在她脑海中闪过，心震了一下。"拜托让我们死吧。"

或许还是让海瑟和普琳罗丝安息比较好，或许高瑟自己也该休息了。

高瑟很想再见姐姐一面，就算要面对妈妈也没关系。这里什么都没有，只有无尽的孤独、花卉壁纸，以及一些她无法完全感受、类似悲痛的东西，因为古怪三姐妹也把这种感觉消除了。

在孤寂的渲染下，高瑟开始讨厌古怪三姐妹。无论她派了多少乌鸦求她们回来，她们就是不来。寂寞逐渐扭曲她的心灵，她对三姐妹的记忆也慢慢变质。她们离开的时间越长，说不能来看她的信就越多，高瑟对她们的爱也越冲越淡。高瑟开始不信任古怪三姐妹，几乎到了恨的地步，三姐妹的身影在她脑海中挥之不去，从她初次在死亡森林里认识的女孩，到她逐渐爱上的朋友和姐妹，最后变成她虚构出来的模样，这些形象全都混在一起而分辨不清。就算古怪三姐妹认真花时间写信给她，也都是在讲她们试图拯救小妹的事。那个瑟西。她想知道这些到底是不是谎言？她们没完没了地写信过来，无止境地更新，辞藻华丽又富含诗意，充满悲伤、忧虑和爱。多年来，信中的语气开始出现变化，变得越来越语无伦次，也越来越不连贯。三姐妹说她们终于想出了一个办法把小妹救回来，那个咒语非常复杂，她们已经研究很多年了，还说她们会尽快过来。高瑟不断恳求古怪三姐妹来看她，虽然她不再像从前那样信任她们，但她也没有别人了。当然，还有蒂德巴顿太太，她竭尽所能，努力想让高瑟开心起来。可是无论高瑟怎么求，古怪三姐妹总有不能回来的理由。先是瑟西，然后又是什么龙女巫之类的鬼话，这些在高瑟听来都像胡扯，跟小孩子看的童话故事没两样。她想，或许雅各说对了，或许一切都是古怪三姐妹的错，她想知道妈妈的预言异象正不正确。毕竟海瑟和普琳罗丝是在古怪三姐妹来过冬至后才病得那么严重。只是凭空出现在死亡森林里，假装是来帮忙，坚称她们不知怎的就是知道高瑟需要她们。好啊，现在听起来全是废话、废话连篇。现在在她最需要她们的时候，却消失得无影无踪，高瑟开始怀疑关于她们的一切。高瑟已经老了，也准备好进入陨灭迷雾了，这个世界已经没有什么值得她去爱、去关心的人事物了。

她甚至没有费心使用黄金花。她眼睛四周有很深的皱纹、头发也逐渐褪成银色。幸好蒂德巴顿太太有远视，近的东西看不太清楚，她常说高瑟在她眼里变得模糊不清，但她还是整天在厨房忙得团团转，把家务打理得很好。然而高瑟将卧房镜中的自己看得一清二楚，当年她一定在死亡森林里睡了很久，久到足以让整片的景随时间推移、发生变化，久到足以让那些关于冥后的恐怖传说彻底消失，不再激起尊敬和畏惧，久到足以让她在没有黄金花的帮助下急遽变老。为此，她万分感激。年纪越大，死得越快。

我很快就要离开这个我唾弃又不信任的世界了，我的光很快就会和姐姐一样消失了。

"别胡说八道了！"露辛达突然从天上俯冲下来，飞进高瑟的花园，看起来好像疯狂的鸟身女妖，"不准你的脑袋充斥这种想法！"

"什么？"高瑟惊讶地看着露辛达。

"不能让我们的小女巫想这些傻事！"玛莎和露辛达一起在高瑟头顶上盘旋。

"就是说嘛，要是你走了，你姐姐该怎么办？"鲁比也突然现身。

高瑟注视着古怪三姐妹，怀疑她们是不是真的。她们很不适合这种环境，当然，她自己也是。

"喔，我们绝对是真的。"露辛达笑着说，"真实度百分百！"

"真不敢相信你们真的来了！"高瑟还是不信任自己的感觉。

"你怎么看起来这么老？黄金花呢？为什么不用？"露辛达问道。

"你该不会弄不见了吧？"鲁比补上一句。

"没有，还藏在黄色的野花里，就在那边某个地方。"高瑟指着野花田说。

"你确定？"鲁比焦急地想在一大堆黄色花朵中找出黄金花。

"当然，非常确定。为什么这么问？难道你们也想把花从我身边夺走吗？"

"你在说什么啊？高瑟，我们是来帮你的！"高瑟的话让露辛达觉得很受伤。

"来帮我？真的？过了这么多年？我都准备好要死了！我不想活在这个世界上，我不想一个人受苦！我没办法让海瑟和普琳罗丝复活，也永远无法拥有妈妈的魔力！活着干什么？"

"高瑟！立刻起来跟我们一起去野花田！你可以用黄金花的魔法让自己恢复年轻！我们会想办法让你姐姐复活！我答应过你，就一定会帮你，一定！我们一直在为我们家瑟西的生命而战！"

"我不信！"

"是吗？如果我告诉你我们冒着生命危险，在你家的废墟里寻找你母亲的血，你会相信我吗？"露辛达双手叉腰反问高瑟。

"真的吗？"

"真的，高瑟。我们很爱你，你看。"露辛达捧着一小瓶血说。

"这不是我妈妈的血，这个瓶子不对。"

"原来的瓶子破了，大部分的血都洒在金库地板上，我只能尽力抢救。高瑟，这些年来我们一直惦记着你，看到你衰老憔悴，知道你在这里过得很痛苦，觉得日子很漫长，我真的很难过，但时间对我们而言是不同的概念，虽然我们也不知道确切原因。高瑟，算我求你，喝下这些血，成为你注定要成为的那个女巫！"

"有用吗？"

"只有一个方法能知道答案。"

第**22**章

女巫的真面目

高瑟在一望无际的黄色野花海中醒来，古怪三姐妹瞪着又凸又大的眼睛，露出像鸟儿一样傻乎乎的表情俯视着她。稍早谈话时她没有注意到，但不知道为什么，过了这么多年，三姐妹看起来依旧青春。当然，跟少女时期相比，现在的她们确实更老，可是外表看起来却比实际年龄年轻得多。高瑟心想，不晓得有没有人猜到她们已经好几百岁了。

　　"你现在看起来也很年轻呀。"露辛达看穿了高瑟的思绪，伸手扶她起来。

　　"我们还是女孩时一起在死亡森林度过的时光……感觉就像上辈子的事。"玛莎感慨地说。

　　"应该是上上上辈子。"鲁比说。

　　"对我来说就像昨天一样。"高瑟说。

　　"可是你搬到这里后觉得时间过得很慢。"露辛达说。

"来吧，来我们家。快成功了，你喝完血就昏过去了。"玛莎说。

"你们家?"高瑟东张西望想看房子在哪里。上次古怪三姐妹来访有谈到那栋神秘的小屋，当时她根本不知道她们在讲什么，却又累到无法言语，所以没说出口。这次更扯，跟其他事一样可笑，什么失踪的小妹、龙女巫、隐形的房子……真拿她们没办法。

"高瑟，够了，我说真的，你的想法太刻薄了。"鲁比说。

"我们家就在那里。"露辛达指着某个方向，好像高瑟疯了一样。

"我没看到什么房子啊，露辛达。你老是提起房子，可是我从来没见过。"高瑟露出忧虑的表情。

"什么? 怎么了?"

"我们也不知道，跟我们来吧。"露辛达说。

三姐妹拉着高瑟的手来到绿色小屋门口，离她家只有几公尺远。

露辛达从口袋里拿出一个小袋子，里面装着宝蓝色粉末，"来，把手伸出来。"露辛达在高瑟的手上倒了一点粉末，"现在朝那个方向吹。"

高瑟把粉末吹向空中，小屋开始一点一滴浮现在她眼前，门口离她只有短短几厘米，她忍不住倒抽一口气，"其他人看得到这栋房子吗？"

"不能，只有我们和经过的女巫看得到。但我想雅各选择这个地方是因为这里没有魔法生物，应该不用担心有不速之客来敲门。"古怪三姐妹笑了起来。

高瑟似乎明白了什么，"所以我没有魔力，对吧？"她在走进古怪三姐妹家时说。只见右手边是客厅，里面有一座大壁炉，壁炉两侧分别伫立着一只巨型黑玛瑙乌鸦；左手边则是洒满阳光、看起来很舒适的厨房，有黑白格地板和一扇大圆窗。

古怪三姐妹的眼神流露出一丝悲伤，"你还有黄金花的魔力呀。"露辛达说。她们从窗户看向那片无边无际的野花田，"雅各为黄金花选了一个很棒的藏身处，就算有人特地来找都不见得找得到。"

"任何人都可以用黄金花！我不是女巫！我没有魔法！"

"或许血液需要一点时间才会生效。"鲁比说。

"对呀，高瑟，不要担心！你有一颗女巫的心！"玛莎说。

"才没有！我不是女巫！我也不是死亡森林的冥后！我没有领地，没有姐姐，什么都没有！"

"你还有我们啊！"露辛达说完立刻转向鲁比，"亲爱的，你能帮我们泡些茶吗？高瑟心情不好。"

"好！没问题！"鲁比火速冲到炉边放上茶壶，不小心把放在梳理台的蛋糕盒推到地上，发出当啷当啷的噪声，"别担心！蛋糕没事！"

"吁，好险！我很期待吃蛋糕啊！"玛莎说。

"别管蛋糕了！"高瑟恶狠狠地看着古怪三姐妹，厉声呵斥。

"可是这个蛋糕真的很好吃喔！是我们朋友特制的核桃蛋糕，她特地为我们烤的！"玛莎说。

"别再提蛋糕了，这些蛋糕不蛋糕的话，快把高瑟逼疯了！"露辛达瞪了妹妹一眼，然后握住高瑟的手，"别担心，高瑟，我们当你是妹妹，你知道的！被剥夺魔法遗产不是你的错，你的祖先没把知识和魔力传承下去，也不是你的错。"

"你们真的把我当妹妹吗？"高瑟问。

"真的！"玛莎望向露辛达和鲁比寻求肯定，"鲁比，对不对？"

"对！我们当然把你当妹妹！"鲁比立刻附和，慌慌张张地找杯子替高瑟倒茶。

"你们觉得有什么咒语可以用吗？能让我们真正变成姐妹的魔法？让我分享你们的力量？"高瑟说完，不禁猜想三姐妹眼中的她是什么模样。可怜又可悲、苦苦哀求，她好恨自己居然真的问出口。

古怪三姐妹面面相觑，神情紧张，异口同声地说："噢，高瑟，我们真的希望可以，可惜没办法。"

"我懂了。"高瑟从座位上站起来准备离开。

"高瑟，是真的！我们刚施了一个非常强大的咒语把我们的小妹救回来！要是付出太多力量，那我们就不能。"

"等等，你们那个咒语是从哪里学来的？"高瑟问道。

"什么意思？"露辛达努力装出一副无辜的样子，可是完全没说服力。

"你明知道我在说什么！你是在我妈妈的书上看到的，对吧？"

"对，这个咒语是你母亲咒语的变体，我想你应该会觉得很有趣，高瑟，你先坐下来冷静一下我再告诉你。其实这个咒语跟你有关，当时我们在死亡森林寻找拯救你姐姐的方法，结果找到了这个咒语。"

"真不敢相信！我是没有魔力，但我不笨！你们来死亡森林不是要帮我，是想要我妈妈的魔法！"

"高瑟，拜托你冷静一下！我去拿茶！边喝茶边聊比较好！"鲁比继续在碗橱里胡乱摸索，想找茶杯。

"还有蛋糕，别忘了蛋糕！"玛莎大叫。

"对，蛋糕！我们来切蛋糕吧！"鲁比热烈拍手，显然对蛋糕非常兴奋。

"拜托你们两个！不要再吵蛋糕了！"露辛达大喊，然后拍拍高瑟的手，"高瑟，你听我说，我们的确有告诉你我们想看你妈妈的书，我们没有瞒你，你怎么会这么想呢？"

"你给我的，真是我妈妈的血吗？"高瑟的脸色都变了，气势之强超乎古怪三姐妹所想，看起来就像一个应当成为冥后的女人，一个没有领地的女王。

"你说什么？"露辛达立刻把手抽出来，仿佛碰到高瑟就痛。

"你听见我说的话了！你给我喝的是我妈妈的血吗？雅各警告过我，你们会摧毁死亡森林！他说你们会夺走我的一切！"

"那当然是你妈妈的血啊！"鲁比又气又伤心地说。

但高瑟没听进去。"那些剩下的血呢？你们拿走了吗？我到底在想什么，一定是你们拿走了！不然怎么能把你们的妹妹救回来？"

"高瑟，够了！我们为你做了这么多，你居然这样对待我们?"露辛达说。

鲁比冲到高瑟跟前，双手不停颤抖，递给她一杯茶，"高瑟，拿去，你的茶。你真的要冷静一下，露辛达被你弄得好难过！你看玛莎，她的洋装都撕破了！"

"我才没有撕洋装！撕洋装的是你！"玛莎气呼呼地说。

鲁比把茶递过来的时候，高瑟注意到她的指甲缝有泥土，"鲁比！那是什么？"她想抓住鲁比的手，可是鲁比闪得太快，让她扑了个空。

"什么什么?"鲁比迅速把手藏进裙子口袋里。

"你的手！你手上那是什么?"高瑟厉声质问。

"喔，我不知道。"鲁比把手藏得更深，"高瑟，你是怎么了？精神错乱啦？我们该切蛋糕了！"她边说边后退，想离高瑟远一点。

"把手从口袋里拿出来！我要看你的手!"高瑟提高音量朝鲁比走去，逼得她再次退后，撞上厨房梳理台。

"不要！我才不要！离我远一点！"鲁比惊声尖叫，"露辛达，露辛达，让她冷静下来！把她带走！把她带走！把她带走！"鲁比捂着耳朵跑向大圆窗，说了一遍又一遍，但高瑟并没有受到她突如其来的情绪影响。

"让我看你的手！"高瑟非常坚持。

鲁比紧张地看看高瑟，看看露辛达，再看看玛莎。"高瑟，冷静，不然露辛达会让你睡着喔，别怪我没警告你！"

"把手伸出来！"高瑟放声大吼，她的脸因为愤怒而扭曲，吓坏了玛莎。玛莎只能紧张兮兮地干笑，尽量轻描淡写，希望能大事化小、小事化无；露辛达则静静看着高瑟，表情混杂了恐惧、怨恨与心碎。

"住手，高瑟！你把气氛都搞僵了！你这么歇斯底里，我们要怎么喝茶吃蛋糕？"玛莎问道。

"没关系，鲁比，让她看。"露辛达露出微笑，用一种非常严肃、实事求是的语气说。屋里所有人都停止夸张的情绪化举动，将注意力转移到她身上，露辛达安慰鲁比："别紧张，亲爱的。高瑟伤不了你，毕竟她不是女巫。"

鲁比和玛莎倒抽了一口气，高瑟就像被狠狠甩了一巴掌。露辛达说的话让她很受伤，她知道这句话没说错，她心里清楚得很，可是亲耳听见那么多一字一句说出口的恶意，似乎让这件事彻底成真，化为现实。

高瑟站在那里看着古怪三姐妹，这是她们回来后她第一次真正好好看着她们。人们有时会在脑海中创造出心爱或憎恶之人的形象，这些形象会凌驾于眼前所见的一切，就算事实摆在眼前也一样。即便把有些人想象成恶魔，但只要用双眼和心灵细看，对方的真面目可能会让人大为震惊。高瑟看古怪三姐妹的方式不太一样，她看得更透彻、更清楚，她看到的是当下的她们，而非记忆中那些年轻女孩，或是她想象中那些抛弃她的恶人。

那一刻，她看见三胞胎姐妹的真实面貌，发现她们变了很多。时间虽然没有侵蚀她们的青春，却破坏了其他东西，时间改变了她们的灵魂，如今她们三人散发出一股邪气，高瑟过去从未在她们身上看过这种恶意，就算有，也只是一点小火花罢了。不过那种恶并非邪恶本身，而是一种蛰伏在深处、可能为恶的潜力，像焰火一样在她们体内熊熊燃烧。

现在的她们几乎变了个人，不是她年轻时认识的三胞胎姐妹，完全不是。有什么地方不对劲、有什么地方不一样，或是遗落了什么，高瑟分辨不太出来。

"高瑟，拜托你别闹了！"露辛达说。

"哼，少来了，我知道你们来这里的目的！是为了黄金花！你们拿走了吗？说！"高瑟大吼。

"对！我们拿走了！"玛莎尖声叫道，"对不起，我们也是不得已！不是你想的那样，高瑟！真的不是！"

"不过我们拿走前让你用了不是吗？好了，冷静一点，我帮你拿蛋糕！"鲁比边说边撕扯裙子上的蕾丝，碎布散落在厨房的黑白格瓷砖上。

"你们怎么能这样对我？这一切从一开始就是谎言，对不对？你们一点也不关心我和我姐姐！"高瑟脸上写满了愤怒，宛如一头野兽，随时准备撕碎古怪三姐妹的喉咙。

"不对！你听我们的解释就会懂了！我们跟一个朋友分享用来救回瑟西的咒语，那个朋友就像我们的女儿一样，可是事情出了错，非常严重的错，她不再是从前那个仙女了，这都是我们害的！我们需要黄金花来疗愈她！"玛莎一边说，一边害怕地后退，想远离高瑟。

"还在说谎！"高瑟大叫。

"没有！我们很爱你！真的！我们只是想借用黄金花来帮助玛琳菲森，用完就会把花送回来，我没骗你！"鲁比把手伸进旁边的柜子，"你看！我们把花种在一个很特别的花盆里，这样就不会枯萎了，我们还替土壤施了魔法，不会伤害花的!"鲁比把黄金花拿给高瑟看,"你看!我们做好了所有预防措施。我们知道花对你来说很重要,所以绝对不会做任何伤害花或伤害你的事!"

"为什么不直接跟我说?为什么要用偷的?"高瑟生气地问。

鲁比和玛莎在厨房里来回踱步,不安地撕扯洋装,拉掉头发上的羽毛装饰,"不知道!我们不知道!高瑟,对不起!"

"你们两个住口!"露辛达大喊,"看看你们!真难堪!立刻停止!我不准你们拿别人的悲惨遭遇来乞求原谅!"

"你们需要花的原因到底是什么?拜托你告诉我!"高瑟哭着说。

"好了,高瑟,别哭了!我们说的都是真的,我们需要花来帮助我们的朋友。"露辛达似乎被周围这些歇斯底里的女人弄得很恼火。

"那我呢?我不是你们的朋友吗?你们还说把我当妹妹,但我真正的姐姐已经死了好几百年,你们却没有帮我让她们复活!我们姐姐就这样和我们的家产一起躺在地窖里,让我一个人在这栋犹如监狱的房子里慢慢腐烂!我的感觉就跟雅各在墓穴里等我妈妈召唤的感觉一样。这就是我的生活，每天都在等你们回来告诉我一切都会没事，结果却完全相反！"

"高瑟，你本来可以仔细研读你母亲的书，找到运用魔力的方法，所有答案都在藏书室里。如果你真的想救你姐姐，你一定会有办法！你本来可以好好学咒语，找女巫教你，但你从未行动。这是你的错，不是我们的错！"露辛达说。

"你们本该是那些教我的女巫！你以为我没听过你们的事吗？那些你们趁我沉睡时做的事！你以为我看不出来你们变了？把流言蜚语凑在一起并不难。三胞胎女巫，恐吓小女孩，还有那些出了名的背叛！现在你说你们害了龙女巫？那个摧毁整个精灵王国的龙女巫？你们到底是谁？"

"我们是你的姐妹！我们很爱你！别再胡说八道了！"露辛达的怒气逐渐高涨，但高瑟还在歇斯底里，她想要答案，她决心要找出古怪三姐妹在某种程度上背叛她的证据。

"告诉我瑟西是怎么死的！告诉我她出了什么事！你们一下子写信来说她迷路、一下子又说她死了，现在又说她回来了！我要知道真相！"高瑟双颊涨红，脸上满是泪痕，哭得眼睛都肿了。

"我会告诉你，但你得冷静下来好好听我说，瑟西在玛琳菲森摧毁精灵王国的时候死了。"说出这些话似乎让露辛达痛苦不堪，仿佛那些字句撕裂了她的心。

"你想帮助的那个玛琳菲森？"高瑟的眼睛睁得好大，"她杀了你妹妹，你还想帮她？你不是在说谎就是比我想的还傻！不管怎么样，你们对我的关心都不是真的，你们愿意为了那位杀害瑟西的女巫而背叛我。"

"不是她的错！她甚至不知道这件事！我们没有告诉她，要是玛琳菲森知道一定会很伤心！"鲁比尖声叫道。

"我们很爱她，高瑟，事情发生时她还只是个女孩，她就像我们的女儿一样！"玛莎说。

"龙女巫怎么了？到底是出了什么错？"高瑟真的很好奇。

"她为了创造女儿付出太多，现在的她一无所有，只剩下最黑暗的自我。一切都是我们的错！我们没有考虑周全，没有想到我们是三个人一起创造瑟西，她却是自己一个人创造爱洛，所以希望黄金花能治愈她，让她重获新生，再次完整。"

"你们告诉她这个咒语是因为想帮忙，对吗？"高瑟又问。每听见一个答案，她心里的痛就更深，厌恶感也更沉。

"对，结果大错特错，她变得比以往更加孤独。"露辛达说。

"你们真的很卑鄙，你们接触过的一切全都毁了。你们利用我，杀了我姐姐，破坏我的领地，现在还毁了龙女巫的生活！"高瑟大声怒骂。

"我们想补救！拜托你让我们用黄金花！"鲁比不断恳求。

"不行！我需要花！我要想办法让海瑟和普琳罗丝复活！你们说得对，我厌倦了枯坐在那里等你们来帮我。我的姐姐我自己救！"

"等我们回来就会帮忙找出救你姐姐的方法。我们保证，一帮完玛琳菲森就回来！"

"好，那就带我去！这是我的花，如果你们要用，我想在场确保花不会受伤。"

古怪三姐妹彼此对望，眼中满是惊愕，"不可能。你没有魔力，对你来说很危险。"露辛达显然厌倦了这段谈话。

"那就用魔法让我变成你们真正的妹妹，我们再用黄金花治愈龙女巫，最后一起让海瑟和普琳罗丝复活。"高瑟只能孤注一掷，她知道古怪三姐妹法力高强，她没有能力阻止她们拿走黄金花。

"高瑟，如果你明白魔法的作用机制，就会知道我们不能那么做。完全不能。我们必须隔一段时间才能再度施展强力的咒语。"

高瑟低头盯着地板，看见瓷砖上散落着鲁比从裙子上撕扯下来的红色碎布，让她想到鲜血。这时，她意识到自己别无选择。她不能让这些女巫夺走黄金花，这是她唯一的魔法来源，也是她拯救姐姐的唯一机会。她开始诵念咒文，希望这些语句能帮助她、引导她。

"吾召唤古今众神，命死亡森林重生，赐予吾等之应得！"

"高瑟，你在干吗？"玛莎听到她念咒，忍不住担心起来。

"喔，妹妹，你们看。高瑟自以为在施咒呢！"露辛达咯咯笑着。

玛莎和鲁比跟着露辛达一起笑，笑声越来越大，架上的茶杯开始当啷作响，梳理台上的蛋糕盒也不停震动，直逼坠落边缘。

"吾召唤古今众神，命死亡森林重生，赐予吾等之应得！"

"高瑟，这太蠢了！别给自己难堪了！"露辛达说。

古怪三姐妹的房子开始剧烈摇晃，架上的茶杯和小摆设全都摔了下来。

"鲁比，玛莎，别笑了！"不过，露辛达突然意识到让房子摇动的不是她们的笑声，是高瑟的咒语。房子拼命摇晃，力量大到把玻璃都震破了。古怪三姐妹不得不互相搀扶，以免跌倒在地。

"高瑟！你在做什么？快住手！"

"吾召唤古今众神，命死亡森林重生，赐予吾等之应得！"

高瑟尖声喊出咒文，脸孔扭曲成某种邪恶的东西。古怪三姐妹之前从来没见过她这副模样，仿佛彻底变成另外一个人，一个专注、充满自信、令人闻风丧胆的冥后，就像在模仿她母亲。

高瑟轻轻挥了一下手，花盆就从鲁比手里飞到她手中，力道之强把花盆都撞碎了。

"高瑟！"

"吾召唤古今众神，命死亡森林重生，赐予吾等之应得！"

高瑟把头发塞到耳后，就像她母亲准备施法时那样。

她聚集了所有仇恨和痛苦，感受这些情绪在她体内涌动。她真的感觉到了，这些能量有如腹中一颗又白又热的球，越来越大，大到她再也控制不了，她的手不停颤抖，意识到如果不释放这些怒气，愤恨会将她吞噬殆尽。她伸出双手，看起来很眼熟，就像她母亲的手，她射出一道闪电劈向地板，房子摇晃得比刚才更厉害。

"高瑟，住手！你会害死我们的！"

就在这个时候，屋外的地面猛然爆炸，只见活死人大军蜂拥而上，直指古怪三姐妹的家。他们一个接一个涌入每扇被他们破坏的门窗。

"高瑟，不！叫他们停下来！"

"你们永远别想拿走黄金花！永远别想！"高瑟一边大喊，一边伸手抓住空气，紧紧攥住某个隐形的东西，接着快速甩下，古怪三姐妹随着她的动作猛然跪下，痛苦尖叫。

"不准乱动！"

"高瑟，求求你住手！我们不想伤害你！"

高瑟放声大笑。"看着我！看着这个可怜又没有魔力的高瑟！你刚才说我怎么样？愚蠢是吗？"

露辛达露出痛苦的表情，奋力反抗高瑟的咒语，慢慢站起来，"高瑟！立刻住手！"她使出强力的魔法能量波反击，震得高瑟往后飞，冲破厨房的大圆窗，直直撞上花园里的苹果树，就连活死人们也被炸得四散各处，化为尘埃。

　　高瑟发现自己躺在野花田里，到处都是活死人的遗骸，她全身上下满是瘀青，手臂也因为冲破窗户留下了一道又深又长的伤口。她觉得自己的脸好像在流血，不过不太确定，就这样躺在那里，看着古怪三姐妹的小屋升上天空，接着她坐起来一手抓着花盆，一手指着古怪三姐妹，想用闪电攻击她们，却什么也没有。没有闪电、没有魔法。她望着瞪大双眼、一脸惊愕的三姐妹消失在云层里，消失在她的生活中。

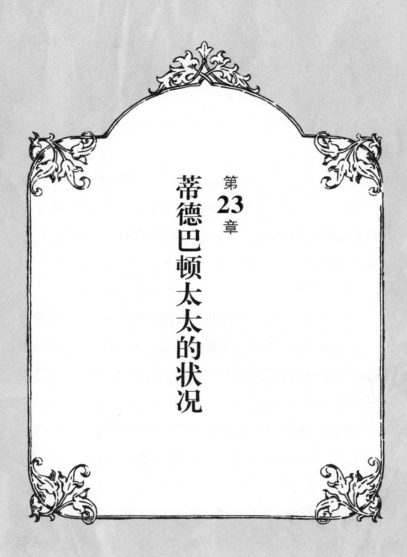

第 **23** 章

蒂德巴顿太太的状况

"高瑟！高瑟！天啊，这是怎么了？"蒂德巴顿太太摇摇晃晃地跑进野花田，不时踢到断骨和厚厚的白色灰烬，冲到高瑟身边。

　　"我不知道。"

　　"来，夫人，抓住我的手，让我看看那些伤。"她检查了一下高瑟的脸，"我想我应该叫医生过来看看，但我不知道那个带口信的男孩今天下午会不会来。我还是自己跑一趟比较好。"

　　"我相信在你的专业照护下我一定会没事的，别麻烦医生了。"蒂德巴顿太太的关心让高瑟深受感动。这时，高瑟发现蒂德巴顿太太一直盯着她看，不知道是在看伤口，还是注意到她变年轻了。就连她也不太确定自己看起来有多年轻。她跟着蒂德巴顿太太走进厨房，手里紧抓着花盆，然后遵照蒂德巴顿太太的指示坐下。

"高瑟，把那盆植物放下，让我看看！"蒂德巴顿太太去储藏室拿了一些棉布和碘酒，将棉布浸在深红褐色的药水里，拿在手上犹豫不决，"对不起，夫人，这会很痛喔。"

蒂德巴顿太太不是一个爱八卦的人，但她妹妹是。过没多久，风声就传遍整个小镇，大家都听说高瑟夫人家出了怪事。古怪三姐妹离开后，高瑟就把自己关在藏书室里，蒂德巴顿太太不知道该怎么做才能让高瑟出来吃饭或踏出房门，于是便向妹妹倾诉自己的担忧，然后她妹妹又把镇上那些难听的闲言闲语告诉她。这下麻烦大了。

"高瑟夫人！请你出来好吗？出状况了。"高瑟打开藏书室的门。

"怎么了？"高瑟披头散发，脸上还沾了一点红色和紫色粉末。

"天啊！看看你，高瑟夫人，抱歉打扰了！"

"看看你，蒂德太太，你戴了眼镜！"

"是的，我妹妹买给我的。"蒂德巴顿太太脸都红了，"说到我妹妹，夫人，嗯，她今天来过。"蒂德巴顿太太显然很苦恼，不晓得该怎么切入重点。

"喔，你不是说有状况吗？"高瑟尽可能耐着性子问，她在想自己看起来是不是很邋遢，毕竟她的手沾满魔法粉末，而且已经好久没换衣服了，天数多到她数都数不清。

"夫人，请你跟我到厨房来好吗？要谈这种事还是边喝茶边聊比较好。"

"也曾经有人跟我说过这句话。"高瑟笑了起来，想起了古怪三姐妹所说的话，"没问题，蒂德太太，我们去厨房吧。"

她们来到厨房，蒂德巴顿太太替高瑟拿了一张椅子。"给你，夫人，坐吧。"高瑟希望她能有话快说，但也提醒自己要对她多点耐心，蒂德巴顿太太似乎很烦恼。

"来，蒂德太太，你坐吧。你看起来气色不太好，我去泡茶。"高瑟走到碗橱前拿出两个茶杯和相配的茶壶，这是她从死亡森林的女巫宅邸带出来的，"嗯……只有五个杯子，第六个去哪儿了？"她心不在焉地问道。

"夫人，你说什么？"蒂德巴顿太太抬起头。

"没事。"高瑟这才意识到自己不小心把想法说了出来。"我只是注意到这套茶具只有五个杯子，以前有六个的。没关系，别放在心上。不好意思，你说有重要的事要告诉我？"

蒂德巴顿太太站起来想看高瑟说的是哪一组茶具。"喔，对，萨温节茶具。银色杯身上，你姐姐鲁比说她在花园里喝茶时打破了一个。"

高瑟很怀疑这是不是真的。事实上，她几乎可以肯定鲁比、露辛达或玛莎其中一人偷了杯子。仔细想想，家里有很多小东西都不见了。"没关系，蒂德太太。快坐下，告诉我出了什么事。"

"夫人，我只能直说了。"蒂德巴顿太太显然想鼓起勇气开门见山。

"你知道我最喜欢人家有话直说，请吧。"

"嗯，好吧，看来国王要派士兵来这里找什么曾经属于冥后的花。"

"什么？那我姐姐怎么办？"高瑟顿时惊慌失措，我要怎么把海瑟和普琳罗丝的尸体带出来？

"你姐姐？"

"啊，没事，我们该走了！"高瑟边说边跑进藏书室，抓起母亲最重要的藏书。

"高瑟夫人，等等！这是怎么回事？"蒂德巴顿太太拖着蹒跚的脚步跟在她后面大喊，"怎么啦？"

"怎么了？怎么了？蒂德太太！皇家护卫军要来摧毁我的家！他们以为我是冥后！他们要烧毁这个地方！我建议你现在就把贵重物品打包！"

"夫人，请你冷静一点！听我说，我有个主意。我不想知道地窖里有什么，也不想知道藏书室或你和你姐姐在干什么，但我知道你是个好女孩，你一直对我很好，你不应该失去你的家。在我看来，他们只想要那朵花，如果别大惊小怪，平静地把花交给他们，我想他们一定会接受，不会破坏这里的。我们可以把花种在外面，假装根本不知道它就在那里。"蒂德巴顿太太的语气很坚定，让高瑟大感惊讶，"还有，他们来的时候，你可以偷偷躲进地窖，我来假扮夫人，让他们在不翻箱倒柜的情况下找到那朵花。"

"不行，蒂德巴顿太太！花不能给他们！"高瑟一把抓起花盆，紧紧抱在怀里，"我不能放弃花！真的不行！"

"夫人，我想我们没得选择。"蒂德巴顿太太伸出手，"现在把花给我，我来把花种在野花田里。"

"一定还有别的办法。"高瑟嘴上这么说，心里却很担忧，认为蒂德巴顿太太或许说得没错，"我不懂他们为什么要花！他们毁了我的家，拿走仅存的最后一朵花！我以为王后已经痊愈了！"

"王后又病了，怀孕让她旧病复发。"

"可是他们有花啊！为什么还要另一朵？"

"嗯，她吃了那朵花，不是吗？"

"该死的蠢货！"高瑟满腔怒火。

她觉得自己被困住了，进退维谷。她不能带着黄金花离开，皇家护卫军可能会在地窖里发现海瑟和普琳罗丝的遗体。就算蒂德巴顿太太心甘情愿把花送给他们，他们还是会找到她姐姐。高瑟不晓得该怎么办才好，她想逃，她想带着蒂德巴顿太太和姐姐跳上马车离开，但王国的追兵最终还是会找到她。只要她有那朵花，他们就会不断追捕，烧光她为自己打造的每一个家。或许她当初应该让古怪三姐妹拿走黄金花，起码这样就没事了。蒂德巴顿太太说得对，别无选择。

"没错，你说得对，就让他们找到花吧。"高瑟把花盆推向蒂德巴顿太太。

"夫人，你现在最好快点躲进地窖！千万别偷看！"

"现在？"高瑟望向窗外，寻找士兵的身影，"他们来了吗？"

"对，夫人，拜托你快走！"

"你确定你一个人没问题吗？"高瑟眯起眼睛，试着看清道路尽头，"在他们抵达前，你来得及将花带到花田里吗？"

"放心！别再为我这个老太太操心了。不管来敲门的士兵是谁，我都能应付！相信我！现在快走吧！"

"谢谢你，蒂德太太！"

"快躲进去，等我找你再出来！"蒂德巴顿太太在高瑟脸颊上亲了一下。"快！快啊！"高瑟匆匆走进地窖，她刚搬到这里时来过一次，疯狂寻找母亲的血，之后就没再下来过。只见金币散落在地板上，木箱大大敞开，和她当初离开时一模一样，海瑟和普琳罗丝的棺材则原封不动放在那里。她离开死亡森林后就没看过姐姐的遗体，她不敢看，怕她们开始腐烂，也怕看见她们的脸。怕她们会醒来指责她辜负了她们。

高瑟蹑手蹑脚地走近棺材，仿佛不想吵醒安眠的灵魂，接着打开棺材盖。两个沉睡的美人肩并着肩，依旧那么可爱、那么年轻、那么美丽，只是苍白得可怕，好像所有颜色都从她们体内渗滤而出，褪得一干二净，就连普琳罗丝那头艳丽的红发也变白了。她们看起来就像用不透明玻璃做成的幽魂，像脆弱的复制品。高瑟心头突然涌起一股奇怪的感觉，仿佛海瑟和普琳罗丝在那里，却又不在那里。这是她所能想到最好的形容。看到她们却感觉不到她们是她这辈子经历过最令人痛苦不安的事。她的心都碎了。在那里，在那一刻，她的心随着她这一生所遭遇的每一次失去碎成一片片。她觉得自己可能会痛苦而死，她好想念海瑟和普琳罗丝，她应该要一直寻找解方，让她们复活才对。距离她自沉睡中苏醒已经过了好多年，她责怪自己没有花时间想办法把她们从死亡中带回来。要不是可恶的古怪三姐妹让她陷入百年沉睡，可能早就能让她们复活了！

这么多年，全都白费了。

"我可怜的姐姐，对不起。我保证，我一定会想办法让你们复活。"

高瑟把手放在姐姐手上，这时，奇怪的事发生了。她的手开始发光，只有一点微光，就像黄金花一样。光芒如烟火般此起彼落，蔓延到海瑟和普琳罗丝身上，接着在她们体内茁壮，让她们也开始发光，虽然只有一点点，但她们现在看起来更有生气，脸颊也泛出血色。

"海瑟！普琳罗丝！你们听得到吗?"她们没有回答，只是静静躺在那边一动也不动。她们死了，可是黄金花的力量让她们出现了变化。高瑟低头看看自己的手，发现她的手又老又皱，像覆着皮肤的骨头。海瑟和普琳罗丝从她身上吸走了黄金花的疗愈能量，她跑到木箱旁想找妈妈的梳妆镜，结果在妈妈的遗物中发现一个她从来没看过的镜子。

高瑟倒抽一口气。她的头发全变成银色，而且形容枯槁，面目灰白，看起来就像用干掉的苹果做成的老洋娃娃，她完全没察觉到自己已经这么老了。要是现在不去拿黄金花，她一定会死。

她走到地窖门口聆听外面的动静，或许能赶在士兵来之前溜出去拿花。不过她听到蒂德巴顿太太在厨房和别人说话的声音。

"喔，你说一朵发光的花啊？嗯，我想你去野花田里找找，应该会找到。我有时会看到花田里有东西在发光，我还以为是萤火虫呢。你们可以出去看看，好心的先生，请随意。当然啦，国王想要就尽管摘，非常欢迎！我只是一个被美丽花朵包围的老太太，国王想要一朵花又有什么呢？"

"看样子你不像什么冥界的邪恶女巫！"士兵哈哈大笑。

"天啊，当然不是！"蒂德巴顿太太也笑了起来，"你们怎么会这么想呢？"

"上头说冥后带着仅存的花跑来这里避难，很明显这个消息有误。"

"想象一下，我，要当什么后都行！"蒂德巴顿太太笑得很开心，直到看见有个乞讨的老妇人出现在海崖附近，鬼鬼祟祟地走进花田另一端，"噢！"

"怎么了？"国王的士兵问道。

"喔，没什么，亲爱的。我突然想到你们走了这么长的路，一定又饿又渴，请坐，喝杯茶，吃点榛果蛋糕吧。"

"喔，不用了，夫人，谢谢。"一个身材高瘦的士兵说。他看起来头脑简单、四肢发达，像个巨大、友善又顶着一头金发的稻草人。

"我坚持，先生！花又不会跑掉，吃完再摘也不迟。我不能让你饿着肚子回城堡！如果我这个可怜的老太太让士兵带着咕噜咕噜叫的肚子回去，国王会怎么看我？"蒂德巴顿太太打开蛋糕盒，"看看这个蛋糕，你真的不想吃吗？是巧克力榛果口味的喔！"

"那就来一块吧！"高瘦的士兵在餐桌旁坐下，"可以也请你帮我的人准备一些吗？"

"喔，当然！配点茶吧！吃蛋糕一定要喝茶！我去烧水！你们坐在这里等我！"蒂德巴顿太太让士兵背对着窗户坐，不让他们看见野花田。她发现有个老妇人在那朵发光的花上方盘旋，似乎在对花说些什么，她说话的时候，花的光芒变得更加耀眼。就在这时，憔悴的老妇人注意到蒂德巴顿太太在看她，迅速将脸藏在斗篷的帽兜里，用篮子把花盖住。

"那是谁呀？"蒂德巴顿太太担心地咕哝着，怀疑那是高瑟。

"谁啊，夫人？"士兵转过身看她在看什么，"你认识那个人吗？"

蒂德巴顿太太摇摇头，士兵立刻冲出厨房，前去野花田，"可能是有人想抢走这朵花！"蒂德巴顿太太放声大喊，暗暗希望若那人真是高瑟，可以听到她喊叫，趁士兵逮到她前躲起来。

过没多久，蒂德巴顿太太看见花朵的光芒越来越近，原来是士兵拿着花朵朝着屋子走来，"啊，所以这些骚动都是为了这朵花？我都不晓得花园里有这朵花呢。"蒂德巴顿太太问道。士兵看她的眼神似乎和之前不太一样，"好啦，你们拿到花了，还想吃蛋糕吗？"蒂德巴顿太太若无其事地说，假装没有注意到他们的举止变化。

"刚刚在野花田里的是谁？"一个士兵问道。他是个毛发茂盛的人，有点像一只带着浓眉的大熊。

"我不知道，亲爱的！"蒂德巴顿太太随口回应，"来喝茶吧。"

"你该不会是想用茶和蛋糕来分散我们的注意力，好让别人从我们眼皮下把花偷走吧？你是不是想把花藏起来留着自己用？"他对蒂德巴顿太太使使眼色。

"天啊，我没有！我根本不清楚这朵花的用途，也不晓得国王为什么要！我连自己有这朵花都不知道！"

"是这样吗？"毛茸茸的士兵问。蒂德巴顿太太还来不及回答，众人就被一阵响亮的撞击声分散了注意力。

"那是什么？"高瘦的金发士兵看着地窖问道。

"喔，只是老鼠！"蒂德巴顿太太一阵惊慌，"我还没放捕鼠器，所以就先把地窖锁起来，那些老鼠真的很可怕，我都不敢下去！"

士兵全都紧盯着她看，"我们最好下去看一下。"高瘦的士兵说，但蒂德巴顿太太立刻转移话题。

"所以就是这朵花吗？这就是你们劳师动众的原因？可以告诉我这朵花有什么用吗？"士兵在蒂德巴顿太太走近他时把花抓得更紧，"听说它能治愈各种疾病，还能让人保持年轻。"他看着蒂德巴顿太太满布皱纹的脸说。

"啊！真希望我能早点知道家里有这朵花！搞不好还

会自己拿来用呢！"她笑着说，士兵的态度似乎开始软化，"神奇的花我不懂，但普通的花略懂，我知道如果不好好种，花就会枯萎。我去拿个容器给你装吧。很快就回来！我可不希望花在你还没送到王后跟前就死了。"

"谢谢你，夫人。"士兵显然觉得自己很蠢，居然怀疑这么亲切的老太太。

过没几分钟，蒂德巴顿太太就带着一个装满泥土的花盆，"让我来吧！"她一边说，一边拿走士兵手中的花，轻轻把花根塞进松软的土壤里。

"大功告成！"蒂德巴顿太太的心里暗暗希望士兵已经忘了地窖传来的巨响，"好啦，现在谁想来一块蒂德巴顿老太太著名的巧克力榛果蛋糕呀？"

第**24**章

无足轻重的女王

士兵慢慢喝茶吃蛋糕，直到日出，蒂德巴顿太太才送他们离开，还给了他们几个餐篮，里面装满火腿起司三明治、核桃蛋糕、巧克力饼干和其他烘焙糕点。

　　"谢谢你，蒂德太太！"一个士兵在他们启程返回王国时大喊。

　　"再见，亲爱的！"蒂德巴顿太太带着灿烂的笑容，挥手目送士兵离开，直到他们的身影消失在桥的另一端。然后她赶紧去打开地窖，看见高瑟就站在门口等她。

　　"可怜的孩子！快出来吧！"

　　"你真的好会应付那些士兵，蒂德太太，太了不起了！真的！我想现在不会有人认为死亡森林的女王在这里逗留了。"

　　"所以她有吗？"蒂德巴顿太太问。"算了，我不想知道。"

"我是无足轻重的女王。"高瑟坐在椅子上喘口气。

"夫人，潜伏在野花田里的人是你吗？我以为是你，可是……"

"我想这又是另一个你不希望我回答的问题。"高瑟叹了口气。

"你说得对！好吧，那你接下来要怎么做？"蒂德巴顿太太从架子上拿了干净的茶杯，取出茶叶罐。

"我要把花拿回来！我要去王国，然后潜入城堡把花拿回来。"

"在做了这些之后？让他们把花拿走，然后再去追他们把花偷回来？抱歉，夫人，你疯了吗？"

"事情到了这个地步，你不是听完来龙去脉，就是相信我知道自己在做什么，完全不过问。无法两全。"

"就算你真的偷到花，凭什么认为他们不会再回来找？"

"找那位把半间储藏室食物都送给他们的亲切老太太？一个连自己有黄金花都不知道的老妇人？我不觉得士兵们会回来！"蒂德巴顿太太若有所思，似乎在思考高瑟说的话，"没错，有道理。"她把茶壶装满水，放在炉子上，"我想你说得对。"

"听着，蒂德太太，你不想留下来的话没关系，我不怪你。你昨晚做的事很危险，我非常感激。真的。要是我的计划让你觉得不舒服，我完全理解。我只想请你帮我一个忙，请待在这里直到我回来好吗？如果你担心士兵最后会发现是我把花拿走，那等我回来之后，你就可以离开了。"

"这跟你藏在地窖的东西有关吗？我会想知道吗？"

"如果你真的想听，我可以告诉你。"

"不用了，高瑟。我想还是不要知道比较好。"

第 **25** 章

密室

高瑟出发前往王国已经过了好几周，只留下蒂德巴顿太太一个人看家、保管钥匙。高瑟把房间的钥匙一起串在钥匙圈上给她，包含地窖和藏书室的钥匙，但嘱咐她千万不要进这两个房间。蒂德巴顿太太觉得自己好像法国童话中得到城堡钥匙的新娘，被告知除了某一个房间外，其他房间都可以随意进出。当然，法国新娘还是会不顾警告，打开禁忌的房间，但那又是另外一个故事了。

　　蒂德巴顿太太跟法国童话新娘不一样，她不想知道地窖里有什么。她觉得自己知道得越少越好。关于这点，她自有一套理论。只要坐下来好好思考，她就能把所有事情凑在一起，拼出真相，事实上她也真的这么做了，但她选择将一切抛在脑后。经过岁月磨炼，蒂德巴顿太太变得很擅长避开麻烦，现在的她也一样不想陷入麻烦的深渊，因为她能预见的正是一大堆麻烦。并不是因为她能看透预言，而是她有常识，可以看出高瑟即将为所有人带来麻烦。所以她不会进那个地窖给自己找麻烦，也不需要知道里面有什么。

人们写童话故事是有原因的。

这些故事的目的是令世人警惕。虽然蒂德巴顿太太是个年迈的老妇人，但她并不笨。她大多时候都忙着烤派和蛋糕，厨房里到处都是糕饼，烘焙能安抚她的不安，让心平静下来，毕竟她真的很担心高瑟。几个礼拜过去了，高瑟还没有回来，比她原先所想的还要久。因此，蒂德巴顿太太烤了更多派、更多蛋糕，将糕点送给所有愿意收下的人。

就在蒂德巴顿太太开始担心高瑟会不会遭遇什么不测时，她竟然若无其事地回来了，还抱着一个孩子。

"这是谁啊？"蒂德巴顿太太看着高瑟怀里那个漂亮的小东西问道。

"这是我的花，我们应该找个人照顾她，直到她长大。"高瑟把孩子交给蒂德巴顿太太，好像她只是一袋马铃薯。

"你的花长得还真像婴儿……"

"这个婴儿的妈妈吃了我的花。"

"你的意思是……她是公主？高瑟！你到底在想什么！居然把公主抱走？"

"我别无选择！你要我怎么样？她父亲的军队为了一些不属于他们的东西毁了我的国度，把花给了王后，王后又把花的力量传给这个小鬼！她是最后一朵黄金花了！要是我母亲还活着，一定会歼灭所有人和整个王国！我只带走他们的孩子，算他们幸运了！"

"这我就不知道了，高瑟！他们现在会有什么感受？把花抢回来是一回事，但是带走他们的孩子……我真的不知道！"蒂德巴顿太太说。

"她就是我的花！世上仅存的黄金花。他们几乎摧毁了我拥有的一切，夺走了我能看到姐姐复活的唯一希望！他们不是受害者，蒂德太太，我才是！"

高瑟看得出来蒂德巴顿太太想问"姐姐复活"是什么意思，但她及时打住，她看着怀中轻轻扭动的小女婴，似乎在思考高瑟的话，想了好一段时间，最后终于开口。

"我们要帮她取什么名字？"

"乐佩。"高瑟说完后，就从蒂德巴顿太太和孩子身边走开，头也不回地踏进地窖。

"好吧。"蒂德巴顿太太对婴儿说，"我们该拿你怎么办呢？既然你是被偷抱走的公主，那就绝对不能请那些爱八卦的奶妈。"

自从古怪三姐妹最后一次到访，还有蒂德巴顿太太说的"状况"发生以来，高瑟就越来越离群索居，这种情况在她把乐佩抱回来后更加严重。她整天不是待在地窖，就是躲在藏书室，每天只会冒出来一次，把小乐佩抱在怀里唱歌给她听，接着又冲回地窖忙自己的事。

蒂德巴顿太太在妹妹的帮助下，替乐佩找到一个奶妈，还花了很多封口费，要对方不准对外提起孩子的事。她编了一个故事，说高瑟有个姐姐未婚生子，所以才要保密。蒂德巴顿太太认为这个计划堪称完美，她知道她妹妹是大嘴巴，一定会把这件事传遍大街小巷。村民经常嚼舌根讨论高瑟的姐姐，蒂德巴顿太太则借机将高瑟塑造成一个承担姐姐重担的圣人。据说村里每个人都认为高瑟就像孩子的仙女教母。此外，蒂德巴顿太太还给奶妈皮克太太一个承诺，答应她等乐佩长大，就让她当乐佩的家庭教师。皮克太太是个很不可思议的人，对蒂德巴顿太太来说简直就是奇迹，因为她现在非常需要有人帮忙处理家务，所以常觉得皮克太太是上天派来帮助她抚养孩子的。皮克太太很高兴有一个宝宝和家庭能照料，还有一个可以称为"家"

的地方。她搬进二楼的小房间和乐佩同住，这样才能就近看顾。她就像老鹰一样密切留意乐佩的情况，对她百般呵护。皮克太太从未提起自己的事，就连蒂德巴顿太太也没听她说过，但她知道可怜的皮克太太以某种悲惨的方式失去了家人，所以很高兴有事情可以忙，以填补破碎的心。

乐佩就这样在她们的照料下健康成长，备受宠爱。蒂德巴顿太太一有机会就喂她吃东西、拼命亲她，让她喘不过气；皮克太太则负责帮她煮饭、洗澡，天天带她去野花田散步，而且要小心注意范围，不能离家太远，否则高瑟夫人会着急。至于高瑟，她每天晚上都会突然抱紧乐佩，一边帮她梳头发，一边唱歌给她听，接着直接返回地窖过夜，就像钟表一样规律。若不是因为乐佩，蒂德巴顿太太可能早就离开这个家了。她的女主人变得非常古怪，不仅和乐佩说话时矫揉造作，称自己是"妈妈"，还老是唱同一首歌，而且从不叫乐佩的名字，都叫她"我的小花"。蒂德巴顿太太觉得这些行为太奇怪、太病态了，她忍不住想，不晓得乐佩的亲生父母有什么感受？一定很想念他们的宝贝女儿。可是她不敢把这些想法告诉高瑟，因为她跟她姐姐鲁比、玛莎和露辛达越来越像。

高瑟开始把头发整理成卷卷的波浪，还以她最后一次看见古怪三姐妹的印象为参考，把脸画得跟她们一样，好像她想借由同样的打扮来召唤她们似的。一种共鸣、共感的魔法。高瑟一而再，再而三跟蒂德巴顿太太说她要让姐姐复活，然而蒂德巴顿太太听到这些，内心只有烦恼和困惑。最后她决定把自己的想法留在脑袋里，集中精力给予小乐佩她应得的爱和关心，因为她绝不可能从所谓的"妈妈"身上得到这些东西。

第 **26** 章

三位贵客

岁月以疯狂的速度飞逝。高瑟把乐佩抱回家好像是昨天才发生的事，蒂德巴顿太太和皮克太太还来不及意识到时间，就已经要替乐佩庆祝八岁生日了。

　　"你相信吗？我们的小宝贝居然要八岁了！"蒂德巴顿太太说。

　　"是呀，我们的小花开得真快！真不敢相信！"皮克太太忙着包装乐佩的礼物，没有发现高瑟走进厨房。

　　"她是我的小花，皮克太太，我的！你最好别忘了！"

　　皮克太太瑟缩了一下，拒绝与高瑟四目相交。"是的，夫人。"她回答，眼睛紧盯着包装纸。

　　"我的小花呢？"高瑟问道。她看起来就跟蒂德巴顿太太初次见到她时一样年轻。

　　"她在野花田里。"蒂德巴顿太太一边说，一边装饰乐佩的生日蛋糕，"我叫她先别进厨房，因为正在准备她的庆生会。"

"喔，对了，蒂德太太，蛋糕再加一层。看来今晚还会多三位贵客，你应该知道我的姐姐有多喜欢蛋糕吧！"蒂德巴顿太太叹了口气。

"你对我邀请姐姐们参加我女儿的庆生会有什么意见吗，蒂德巴顿太太？"高瑟扬起一抹虚伪的微笑，语调如唱歌般充满抑扬顿挫。

"没有，高瑟夫人，完全没意见。"

"很好。"高瑟走出厨房，留下满怀敬畏的两人。

"你有看到她穿什么吗？"皮克太太在高瑟离开后问道。

"喔，有啊。过去看到她穿得跟那些糟糕的姐姐一样我就伤心，现在我反而是生气。她们对她做了那么多可怕的事，她怎么还敢邀请她们来这里？这里啊！有乐佩在的地方！算什么母亲！"

"嘘！别这么大声！"皮克太太东张西望，担心高瑟还在附近。

"我才不怕她！"穿着花朵图案围裙的蒂德巴顿太太用力拍桌，震得面粉喷溅各处，弄得整件围裙都是。

"你不怕？我怕死了！老实说我更怕她姐姐！就你说

的那些事来看，她们简直跟噩梦一样。"

"没错！记住，我们就是噩梦！"窗外突然传来说话的声音。

只见古怪三姐妹透过厨房窗户不怀好意地往里窥探，蒂德巴顿太太和皮克太太不禁毛骨悚然。

"好啦，这是干吗？叛变呀？"露辛达带着鲁比和玛莎走进厨房。蒂德巴顿太太差点心跳停止。

"冷静点，老太太！我们可不希望你在做完那个漂亮的蛋糕前就晕倒！"露辛达说。

"不，绝对不行！太可惜了！"鲁比咯咯笑道。

"对，我很期待吃生日蛋糕呢！"玛莎说。

"我们上次吃生日蛋糕是什么时候？玛琳菲森生日吗？"鲁比问。

"没有，不是！那天没有蛋糕！一切都毁了，全都毁了！没有蛋糕！玛琳菲森没蛋糕吃！我们也没蛋糕吃！"玛莎像耍脾气的孩子用力跺脚。

古怪三姐妹比皮克太太想的还要可怕。

"可怕？这还只是小意思呢！"露辛达笑着说。

"这个是谁？皮克太太是吗？好奇怪的名字，我相信这名字应该有什么意义，但我一点也不在乎。"

古怪三姐妹咯咯笑个不停，皮克太太和蒂德巴顿太太都吓坏了。

　　"姐姐！你们来了！"高瑟走进厨房，伸出双臂，身上穿着跟古怪三姐妹一样的洋装。这个画面实在太诡异了，她们四个都有一头深色的长卷发，苍白的脸，小巧的红色嘴唇，脸颊上还画着粉红色的圆形腮红，看起来就像恐怖的牵线木偶。蒂德巴顿太太看得出来，高瑟的打扮让三姐妹大为震惊。

　　"你好，高瑟！"露辛达除了打招呼外不知道还能说什么。

　　"喔！"

　　"你怎么……"

　　"喔！我在镜子里看到你了。就是你留下的那面呀，你故意放在这里伪装成我母亲的遗物，这样你就能监视我了。"高瑟对一头雾水的古怪三姐妹说。

　　"你把我们的镜子给高瑟？露辛达，不要再把我们的宝物送出去了！"鲁比大吼。

　　"高瑟，你误会了！那面镜子是礼物，这样你想找我们的时候就能联络我们了。"露辛达说。

　　"那为什么要藏在我母亲的遗物里？算了，不重要！

我很喜欢也很珍惜那面镜子。好啦，我们别老想着过去了！我的姐姐终于回来了，我好高兴！"

古怪三姐妹一时语塞，只能呆站在那里。她们还是想不透高瑟为何要穿得跟她们一样，也不太清楚她为何要邀请她们。

"我有很多东西要给你们看，很多事要跟你们说！你们一定不会相信我的进展！"高瑟就像兴奋的孩子，准备和父母分享喜欢的艺术品。

"我们，呃，等不及了。"露辛达开始怀疑她们是不是不该来见高瑟。

"跟我来！快！"高瑟拉着古怪三姐妹直奔地窖门口。

"我们的小寿星呢？"玛莎环顾四周，寻找乐佩的身影。

"她？你想对她干吗？"高瑟厉声大喊，脸孔瞬间扭曲，变得可怕至极。

"我们只想祝她生日快乐，就这样，晚点再说没关系！"鲁比赶紧解释。

"对，晚点再说！"高瑟对古怪三姐妹笑了笑。

"嗯，对！晚点再说！高瑟，快让我们看看是什么让你这么兴奋吧。"露辛达跟着高瑟走进地窖，鲁比和玛莎也跟在后面。

看到古怪三姐妹这么怕高瑟，蒂德巴顿太太觉得很有趣，不禁纳闷她们究竟知道什么才会这么害怕。再次声明，蒂德巴顿太太对真相了解不多，而且内心一直有个声音要她立刻离开。要不是为了乐佩，她一定会走。她不能让她的小宝贝单独跟那些女巫在一起。对，她们肯定是女巫。

女巫。

不行，蒂德巴顿太太决定待在这里，她的乐佩需要她。就算年纪大了，她也会拼上一切、竭尽所能来保护她。

"乐佩！快进来吧！"蒂德巴顿太太对着后门大喊，微笑看着可爱的小乐佩从野花田跑进屋。

"哎，我的小宝贝，你看起来一团糟。头发又长又乱，我帮你梳一下吧。真希望你妈妈愿意让我帮你剪。没关系，今天是你生日，我会把你打扮得漂漂亮亮的！"

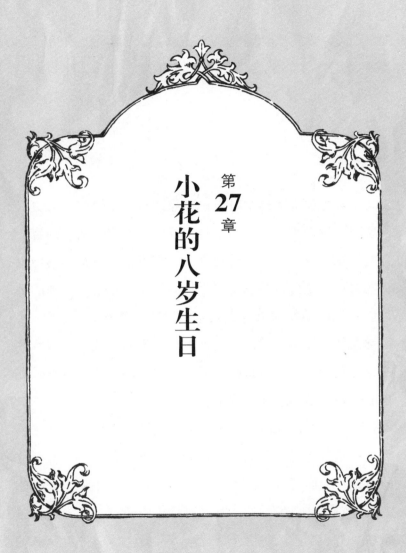

第 **27** 章

小花的八岁生日

蒂德巴顿太太这次可以说是超越自我，烘焙功力更上一层楼。她做了一个八层生日蛋糕，上面缀着精致的杏仁蛋白霜花和五颜六色的动物糖果，简直就是可食用的野生动物园，甚至可以和巴特先生特制的甜点相媲美，他的烘焙坊就是以动物糖果打出名号的。这个蛋糕真的很壮观，堪称杰作。如果要蒂德巴顿太太自己说，这大概是她看过最漂亮的蛋糕，她对自己的成果感到无比自豪，希望乐佩也能像她爱乐佩一样爱这个蛋糕。

　　蛋糕放在前厅的长桌上，旁边围绕着一堆包着金色包装纸、系着粉色虹彩缎带的礼物。皮克太太做了一个可爱的布条，上面写着"乐佩，生日快乐！"屋里还装饰了红色的纸爱心和黄色的纸花。唯一不见踪影的是高瑟夫人和三姐妹。

　　"天哪，我快被这些疯女人气疯了！"蒂德巴顿太太真想敲敲地窖的门，叫那些女巫立刻出来。

她在这栋房子住了这么多年，从来没进过地窖。即便高瑟从王国回来后头几个月变得孤僻不管事，让她独自一人照顾乐佩，她也未曾敲门，任由高瑟爱怎么样就怎么样。因此，尽管她现在很气她们不上来，导致庆生会无法开始，她还是不打算敲门。

"蒂德巴顿太太！"是皮克太太。她脸颊涨红，拼命扭拧围裙，看起来很惊恐。

"你快把围裙掐死啦，皮克太太，怎么啦？"蒂德巴顿太太说。

"我……蒂德太太！你怎么了？"皮克太太当下完全忘了她是要说乐佩的事。

"你在说什么呀？"蒂德巴顿太太有点恼火。

"这……看看你！"她说。

"喔，是呀，我大概跟平常一样满脸都是面粉吧。你到底在慌什么？有话快说！"

"不是，蒂德太太！你照照镜子！出事了！"皮克太太指着门厅另一端的椭圆壁挂镜说，"快点！你看！快！"

"我的老天！好，只要你冷静下来我就看。"蒂德巴顿太太没好气地走到镜子前方，然而看见镜中倒影那瞬间，语气旋即大变。"天哪!"她简直不敢相信自己的眼睛,自己看起来好年轻,她已经很久没看到那么年轻的自己,几乎都快认不出来了。蒂德巴顿太太就这样站在那里,不敢置信地盯着镜中的影像。

"喔,蒂德巴顿太太!我来找你的原因是……"

"嗯,怎么啦?"蒂德巴顿太太仍在照镜子。

"我找不到乐佩!她不在房间,也不在外面!"

"什么?你确定吗?"蒂德巴顿太太立刻转头看着皮克太太。

"对,我都找过了。"

"乐佩?宝贝,你在哪里?"蒂德巴顿太太喊道。

"到处都找不到她!该不会和夫人在楼下吧?"

"喔,但愿不是!"蒂德巴顿太太三步并作两步,飞奔到地窖门口。

"乐佩?"她惊慌失措地猛推开门,可是乐佩没有回答,那些女巫也没有。空气中飘荡着单调柔和的嗓音,似乎有人在吟诵某种诗词或歌曲。蒂德巴顿太太听不清内容,但每诵念一次,音量就越大。"夫人,抱歉打扰了,我找不到乐佩。"她放声大喊,还是没有回应。这太诡异了,仿佛她在梦里呼救却没人听见。她沿着楼梯往下走,每走一步，脚下就发出嘎吱嘎吱地呻吟。女巫的声音变得更响亮、更清晰。地窖里潮湿阴冷，弥漫着一股霉味，有种邪恶的气息。蒂德巴顿太太不晓得走到楼梯底会看见什么，只能一次走一两步，希望能从远处瞥见一二。"蒂德巴顿太太！不要一个人下去！"皮克太太的声音让她吓了一跳。

"嘘！我会被你吓死！如果你要一起来就安静点！"她们俩放轻脚步，慢慢下楼。女巫的声音变得好刺耳，震痛了她们的耳朵。

她们听见了，那些邪恶的咒文。尽管这首歌出奇的美，蒂德巴顿太太心里依旧涌起一阵恐惧，她知道小乐佩出事了，而且是很坏很坏的事。

神秘黄金花

闪耀像太阳

让时间倒转

带我回到过往

疗愈旧伤痛

请赐我力量

重拾起失落

带我回到过往

回到过往

　　蒂德巴顿太太飞也似的冲下地窖，眼前四个女巫围成一个半圆，乐佩睡在中间，左右两侧则是面容姣好的年轻遗体，小乐佩的长发舒展开来，覆盖着死去的美人。

　　她的头发随着女巫的歌声散发出阵阵光芒，看起来似乎渗入那两具美丽的遗体：

神秘黄金花

闪耀像太阳

让时间倒转

带我回到过往

疗愈旧伤痛

请赐我力量

重拾起失落

带我回到过往

回到过往

　　皮克太太失声惊叫，将女巫从恍惚的出神状态中拉回

272

现实。

"看你干了什么好事！你这个蠢货，你毁了一切！"高瑟嘴里勉强吐出这几个字。

"你对乐佩做了什么?"蒂德巴顿太太尖叫。

露辛达举起手一挥，蒂德巴顿太太咻地往后飞，狠狠撞上书架，架上的书和玻璃瓶纷纷掉落，砸到昏迷的蒂德巴顿太太身上。

"不，露辛达，别伤害她!"高瑟挥挥手要露辛达让开。

"为什么?"露辛达用奇怪的眼神看了高瑟一眼，"她破坏我们的魔咒！她该死!"

"我要留她活口，我需要她。"高瑟看着蒂德巴顿太太年轻的脸，那些深深的皱纹都不见了。

"那这个呢?"露辛达指着缩在角落哭泣的皮克太太。

"喔，那个你们随便处理，她对我来说什么都不是。"高瑟说。

"很好。"露辛达笑了起来。"妹妹，你们听到高瑟说的话了。我来消除蒂德巴顿太太的记忆，你们就好好收拾这个愚妇吧。"

第 **28** 章

女巫吃蛋糕

高瑟和古怪三姐妹锁上地窖的门，以免有人趁她们忙着搞阴谋时窥探她们的秘密。乐佩仍陷在沉睡魔咒中尚未苏醒，要等古怪三姐妹解咒后才会醒来。这些邪恶的女巫修改了蒂德巴顿太太的记忆，将她从地窖带回房间，然后火速藏起所有和乐佩有关的东西。她们扯下生日布条，随意打包她的衣物等用品，连同那些不想让蒂德巴顿太太看见的杂物一起塞进地窖。露辛达施了一个很厉害的失忆咒，让蒂德巴顿太太忘记士兵来取黄金花之后的片段，她不记得高瑟离开前往王国，把乐佩抱回家，也不记得有聘请皮克太太，让她不幸地踏入这个邪恶又疯狂的家庭。可怜的小乐佩还躺在地窖里，与其他潜伏于暗处的恐怖一起锁在地底。乐佩就这样变成高瑟的所有物，一项私人财产，一个能让高瑟姐姐起死回生的工具，一种永葆青春的方法。她在高瑟心中不是一个人，而是一朵花，一朵有魔法的黄金花。

四名女巫很期待能有个不受干扰的漫长午后，这样她们才能好好拟订计划、仔细思考，看看下次施咒时应该做出什么改变。然而出乎意料的是，蒂德巴顿太太突然出现在门厅，正巧撞见高瑟和古怪三姐妹以惊人的速度把生日蛋糕塞进嘴里。她整个人蓬头垢面、乱七八糟，衣服也破破烂烂，脸上写满了困惑。

"喔，你好，蒂德巴顿太太！你怎么下床了呢？"高瑟很恼怒，但仍假装关心这个可怜的老妇人。

"哇，蒂德巴顿太太，这个蛋糕太好吃了！"鲁比尖声称赞，说话时还不断喷出蛋糕屑。

"真的，你也来尝尝！"露辛达一边说，一边咬掉杏仁蛋白霜小猫的头。

"高瑟夫人，你方便跟我到厨房谈谈吗？"眼前的景象让蒂德巴顿太太不知所措。

"没问题，蒂德太太。"

高瑟跟着一头雾水的蒂德巴顿太太走进厨房。她看得出来她很困惑，可能还有点糊涂。

"蒂德太太，你醒来我真的很惊讶！你摔倒后就一直头晕，还是回去休息一下吧。"

"我摔倒了？"

"天啊，你不记得啦？你从地窖楼梯上摔下来了。我真的很担心你！好了，我们快上楼休息吧。"

"地窖？夫人，我从来不进地窖呀。"

"我知道，蒂德太太，我就和你一样讶异，我想你应该是去找我。"

"你姐姐在这里干什么？你为什么穿成这样？"蒂德巴顿太太问道。

"喔，真对不起，蒂德太太，我来不及找机会告诉你，我跟我姐姐和好了，所以才邀请她们来帮我庆生。"

"帮你庆生？喔，高瑟夫人，我不知道是你生日，不然我一定会帮你烤蛋糕！"

"别担心，蒂德太太，毕竟你身体不舒服，没关系。你看，巴特先生帮我做了一个漂亮的蛋糕。下次再换你烤给我吃吧！"

"我有种很奇怪的感觉，夫人，或许我该回去休息了。"

"没错，蒂德太太，那样最好。今天对你来说太难熬了。"

"是吗？"

278

"呃，我的意思是，因为你身体不舒服嘛。"

"也对。"

"晚点我端杯茶给你，还有一块巴特先生的蛋糕好吗？"

"好，谢谢你，夫人。"

蒂德巴顿太太跟着高瑟回到门厅，走上二楼房间。这时，她猛然停下脚步，呆呆望着门厅，看起来六神无主，好像在找什么，甚至没有注意到古怪三姐妹挤在蛋糕上方，如野兽般狼吞虎咽。

"怎么了，蒂德巴顿太太？"高瑟问道。

"我不知道，感觉不太对劲，好像少了什么东西。"

"好了好了，蒂德巴顿太太，你看，我姐姐送我的生日礼物！"

"很漂亮，夫人。"

"是啊，现在快上楼吧，我等等就端茶给你。"

高瑟望着蒂德巴顿太太的身影消失在楼梯上，随即怒气冲冲瞪着古怪三姐妹。

"你们到底在干吗？"

古怪三姐妹立刻停止猛吃，看着高瑟，露出惊讶和困惑的表情。

"什么？"

"我们的行为要尽可能正常！我们必须让楼上那个女人相信我们喜欢她。"

"那样太蠢了，干脆让她消失吧。"鲁比说。

"不行！我需要她。我要把乐佩带到安全的地方，一个没有人能找到她的地方。我真笨，还以为能把她藏在这里，她老是在田野里跑来跑去，总有一天会被发现。要是有人把事情凑在一起，猜到她就是失踪的公主怎么办？我太草率了，居然这么久才想到。不行，我们得把我珍贵的小花藏起来，这样才不会被人抢走。"

"那你要那个老太太干吗？"三姐妹齐声问道。

"我和乐佩在一起的时候，需要有人照看我姐姐。"高瑟看她们的眼神就好像她们很愚蠢似的。

"喔，还有，露辛达，我需要你对乐佩施记忆咒，抹去她对这里的记忆。我想让她以为她一直住在高塔里，而我是她母亲，对她百般宠爱，我是这个世界上唯一爱她的人。"

"那她的三位阿姨呢？"

"我们最好还是先不要介绍你们认识，光是说服那个小鬼我爱她就够难了。"

"为什么要这么费心装腔作势？为什么不消除她的记忆，让她沉睡就好？"露辛达问。

"对啊！我喜欢这个点子！对，就让她睡吧！想到要牺牲我的人生照顾那个小鬼我就受不了！"

"好，就这么说定了。我们会让乐佩在高塔里沉睡！"鲁比开心地拍手，又往嘴里塞了一些蛋糕。

"她的头发会越来越长！"玛莎说。

"对！会长得很长很长，我们可以用头发裹住你姐姐，让她们复活！"露辛达说。

"你们觉得会成功吗？"高瑟睁大眼睛问道。

"会！"古怪三姐妹异口同声地说，听起来就像怪异的乌鸦嘎嘎叫。

"想象一下十年后她的头发会有多长！"

高瑟和古怪三姐妹笑个不停，咯咯的笑声响彻许多王国。她们不在乎被谁或被什么东西听见。据大家所知，她们四姐妹只是开心吃蛋糕罢了。

第29章

高塔

这座塔隐藏在幽远的山谷里，三面环山，有一道美丽的瀑布和一条清澈的河流。虽然山谷地势很低，日照却非常充足，大地经常浸透在阳光里，一片绿草如茵，是个充满幸福又宁静的地方，不太可能是冥后的藏身之地，但那已经是很久以前的事了。

　　高瑟从母亲的日记得知这座塔的存在。高塔的位置离死亡森林不远，而森林如今已成了杳无人烟的废墟，大家都觉得那里闹鬼，认为老冥后及其仆人的幽魂至今仍在林间游荡。荒诞的传说就这样四处蔓延，传播到邻近的国度，内容也随着时间的推移变得越来越复杂。当年皇家护卫军究竟是用什么方法突破魔法玫瑰丛的，答案至今仍然是个谜。据说国王请了一位法力高强的女巫来打破魔咒，然而时至今日，这个丑恶的故事依旧覆盖着一层充满猜测的神秘面纱。当时高瑟完全没想到玫瑰丛有魔咒，只是听雅各的劝告逃走。她总是想，要是当年她坚持不让士兵踏进森林，她们三姐妹会怎么样呢？她脑中冒出各种想法，思绪交缠在一起。

但那是很久很久以前的事了。

高瑟叹了口气。她现在的生活就是在高塔和乡村别墅间穿梭，看看沉睡的乐佩，然后回家看看姐姐，就这样来来回回、东奔西跑，从不会在同一个地方待太久。要是留下来，她就会忍不住花时间思考颓毁的人生，以及她是怎么辜负海瑟和普琳罗丝的。现在她只想集中心力让姐姐复活，还有让自己保持年轻。

尽管古怪三姐妹给了高瑟两面魔镜，一面放在高塔里，一面随身携带，她还是会长途跋涉，亲自到塔楼察看乐佩是否安全，同时使用黄金花的疗愈力量，让自己重返青春。高瑟依旧愤恨王后因为生病、担心腹中胎儿的生命而吃了黄金花。愚蠢的女人。假如王后当初以正确的方式运用黄金花，高瑟就不必把公主抱走，但谁能料到公主吸收了花朵的力量，成为唯一活生生的魔力泉源，所以她不得不这么做。在高瑟和古怪三姐妹的安排下，乐佩和她的宠物变色龙帕斯卡已经在高塔住了快十年。这段时间，高瑟必须每隔一阵子就使用黄金花，因为不到一天，她就会急剧衰老。不知道古怪三姐妹为什么不靠花的魔力就能永葆年轻，高瑟猜想，会不会她们真的像她多年前怀疑的那样，拿了母亲的血。

乐佩和帕斯卡生活在古怪三姐妹所创造的梦境世界里。乐佩每天都会用白色贝壳做的颜料画美丽的壁画，这种颜料是高瑟妈妈费尽心思、从遥远的地方买回来给她的。除此之外，她也会和帕斯卡玩捉迷藏、像个好女儿一样做家事、看故事书、玩音乐、烤派、梳头发、拼拼图，然后烤更多派。乐佩用无聊的活动和一成不变的娱乐来充实自己的生活。一种还算快乐的生活。至少大多时候还算快乐。

一年又一年过去，高瑟发现墙上的壁画越来越多、越来越精致。乐佩在梦境世界画画时，成果也会出现在现实世界的墙上，整座高塔洋溢着乐佩的抱负与盼望。古怪三姐妹的魔法让她的梦想化为现实，让她在梦中拥有自由意志，能随心所欲地去做、去想、去感受，包含渴望看见在她生日当天飘浮于天际的光。这让高瑟非常担忧。

只要梦不是真的，造梦者就会找到出路。这是当高瑟问露辛达为什么乐佩会知道生日天灯时，她所给出的答案。高瑟接受了露辛达的说法，毕竟她是力量强大的女巫，比高瑟更了解这些事。岁月不断流逝，乐佩也继续沉睡，壁画一天比一天更多，直到没有空间画画为止。高塔里每一寸墙都泼上了缤纷的色彩，描绘出这个年轻女孩对人生的向往。每次回高塔看到新的壁画，高瑟心里就会涌起一股恐惧和不安。

今天也不例外。高瑟把马匹拴在死亡森林外缘，没有人敢去死亡森林。即便过了这么多年，残破的废墟依旧不受打扰。据她所知，她可能是众多游魂中的一个。就某种意义上来说，她的确是。她走向高塔，脑中突然浮现一个念头，吞噬了她的心。

明天是乐佩的生日，快十年了！这些年来，她的头发越变越长。长到足以让海瑟和普琳罗丝复活。高瑟打算从高塔的秘密入口进去，这次探访跟之前不太一样。过去她只是唱歌，用乐佩的魔力恢复年轻，随即直接返回乡村别墅。这一次，高瑟会留下来为仪式做准备，同时等待古怪三姐妹用她们的飞行小屋把海瑟和普琳罗丝的遗体带来塔楼。

高瑟走在通往山洞入口的小路上，准备前往高塔所在的山谷。走着走着，她停下脚步，从口袋里拿出随身魔镜。

"让我看看姐姐！"高瑟看着镜中的自己，脸色憔悴，头发开始斑白，因为再过几个小时，她就会彻底衰老，枯萎凋谢。

"高瑟，怎么了？"露辛达在镜子里问道。

"明天是小花的生日。"高瑟喜不自胜，差点晕过去。

"对，我们知道。"露辛达说。高瑟不明白她看起来为什么这么无所谓，她们等这天已经等很久了不是吗？

"我们说好十年后再举行一次仪式！我需要你们帮忙！"

"高瑟，我们帮不了你。我们被困在梦境里了！"

"什么？为什么？怎么会这样？"高瑟不太懂梦境的运行模式，大惊失色，"你们出不来吗？"

"不行，就连瑟西也打破不了邪恶仙子的魔咒！"

"我该怎么办？"高瑟一遍又一遍地说，完全不在意露辛达困惑的表情，甚至懒得问她们在那边过得好不好。

"她该怎么办？她该怎么办？"鲁比和玛莎的声音从镜子里传来。

"你们两个安静！我有很重要的事要告诉高瑟。"露辛达喝道。

"对，露辛达！告诉她！告诉她！"鲁比和玛莎咯咯笑着。

"什么事？"高瑟厉声说，对古怪三姐妹的举动感到恼火。

"嗯，高瑟，就是，那个，我们已经解除了乐佩的沉睡魔咒，她醒了。"魔镜里的露辛达扬起微笑，脸上带着一种邪恶的满足感。

"醒了？怎么会？你怎么知道？"高瑟使劲伸长脖子，试图透过山洞窥视高塔。

"我们看到了一切，高瑟。她觉得这天就是妈妈买东西回家的日子，再平常不过。只是今天她打算问你，能不能去看看在她生日那天会飘浮在天上的光。"

"我跟你说过了，不应该让天灯出现在她的梦里，你这个蠢女巫！"高瑟大发雷霆。

"少冲着我发脾气，你这个老太婆！"露辛达尖着嗓子大叫。

"你好大胆子！"高瑟大吼。

"我好大胆子？我好大胆子？你有让我们用你的小花来疗愈我们的朋友吗？没有！你把花藏起来了！还把我们赶出你的房子！"

"我不是答应过，等我利用完就会把她给你们！我说了，我姐姐一复活，你们爱拿她做什么就做什么！拜托，别这样！要是你们又干涉一个公主的事，瑟西会怎么想？"

"反正已经来不及了，高瑟。玛琳菲森死了。要是瑟西一直生我们的气，我们可能就会永远困在梦境里，所以现在你要自己想办法！"

"高瑟，你注定要一个人孤老至终！"母亲的话在她耳边回荡。

高瑟深吸了一口气，"好！我会自己用乐佩的魔力让我姐姐复活！你们想从镜子看的话就请便！"她气到差点把魔镜摔在地上。

"好喔，祝你好运。顺带一提，我不认为瑟西会介意我们帮助失踪的公主。"露辛达咯咯笑着，镜面慢慢转黑。

"天啊！我得跟这个女孩讲话！我们要聊什么啊？"高瑟走向高塔，低声咕哝。古怪三姐妹的笑声从口袋的魔镜传出来。

"所以我的人生就这样了。在这些难搞的女巫的折磨中度过，还要假装是这个女孩的母亲？好吧，好吧，乐佩觉得今天就是平常的一天。高瑟，你做得到。你能让这个孩子相信你是她妈妈。假装你很喜欢她，毕竟你是她妈妈。她唯一知道的妈妈。"高瑟不断自言自语，完全无视古怪三姐妹的声音。

终于，她来到了高塔。她站在敞开的窗户下呼唤她的小花，尽量让音调甜美一点，试图表现得像今天不过就是乐佩在梦境生活中平凡的一天。她得让自己听起来像个母亲，听起来有说服力，听起来很真实。

"乐佩！放下你的头发！"她好讨厌自己的声音和语气。

"乐佩，我等到都要变老啰！"她用唱歌般的音调喊道。

"来了，妈妈！"乐佩从塔上大叫回应。高瑟又听到口袋里的魔镜传来古怪三姐妹的笑声。

"闭嘴，你们这些蠢女巫！她来了！"看到乐佩的长发如瀑布般从塔上倾泻而下，高瑟倒抽了一口气。她的头发比她想象中的还要长，比她睡觉时拢聚在她周围的样子还要长。长到足以裹住海瑟和普琳罗丝，让姐姐复活！

第 **30** 章

古怪三姐妹最懂

在梦之地，一切都是不可预测的混沌状态，但若你够狡猾、够灵巧，还是能找到那里的节奏。对那些发现个中奥秘并学会驾驭魔法的人来说，梦境中几乎万事皆可能。造梦者各自住在专属的幻梦房里，幻梦房由高高的镜子构筑而成，每一面都映照出不同的影像，显示出来自外部世界、与造梦者本身有关的事件。有些造梦者只是坐在那里观看事发经过，有些则学会如何控制镜子、指挥镜中的人事物。古怪三姐妹已经可以操控魔镜的力量，所以能在梦境世界中掌握镜子，完全不是问题。她们找到节奏，驾驭魔法，对她们而言，几乎万事皆可能；也正因为如此，她们才能透过魔镜观察高瑟。

　　"嘿，你们看，她在那里！"露辛达说。只见高瑟和乐佩站在高塔的大镜子前面。

　　"噢，我们来看看她是个什么样的母亲！"鲁比和玛莎兴奋地拍手跺脚。

"嘘！看！我想她在对镜子里的我们说话！"露辛达指着反映在梦境中的高瑟和乐佩说。

"乐佩，看看镜子。你知道我看到什么吗？我看到一个坚强、自信又美丽的年轻女孩！"高瑟对着自己的倒影微笑，"喔，你看！你也在啊！"

古怪三姐妹摇摇头。

"她一点也不像乐佩在梦里熟悉的那个妈妈。"玛莎说。

"我们没告诉她呀，"露辛达笑了起来。"嘘！你们听！她们在说话！"

"不不不，不可能。我记得很清楚，你的生日是在去年。"高瑟试着假装明天不是乐佩的生日。

古怪三姐妹咯咯笑了起来。

"生日就是这样啊，每年都有一次。"乐佩叹了口气继续说，"妈妈，我就要十八岁了，我想问你……嗯……今年生日我真正想要的是……老实说，好几年生日我都想要……"

"说出来，亲爱的！"鲁比看到可怜的乐佩挣扎着寻找适当的词语，忍不住对镜子大喊。

"好了，乐佩，别再喃喃自语，巴啦巴啦巴啦，真的很讨人厌。"高瑟说。

"她的表现真是惨不忍睹！"玛莎说。

"比我想的还要精彩！"鲁比笑到在地上滚来滚去。玛莎很快就加入她的行列，两人歇斯底里地笑个没完，连眼泪都飙出来，把妆都弄花了。

"妹妹，妹妹，拜托！克制一点！"露辛达大喊，但鲁比和玛莎笑到停不下来，觉得高瑟这个妈妈当得实在是太荒谬了。

"你们会错过这段啦！天哪，她在唱歌啊！"露辛达喊道。鲁比和玛莎依旧在地板上滚来滚去，笑到房间里的镜子都在震动。

"你们两个，要是瑟西看到会怎么想？快给我停下来！"姐妹俩立刻止住笑声。

"召唤瑟西太不公平了吧！"鲁比说，刚才笑到哭的眼泪还在淌在脸上。

"我没召唤她。我只是要提醒你们，想离开这个地方就得好好表现！"

"你刚才说高瑟在唱歌吗？"鲁比试图压抑自己的笑声。

"你错过那段了啦。乐佩说想看天上的光，高瑟像只小鸡一样在塔楼里跳来跳去，唱着外面的世界有多恐怖、多危险。"露辛达描述时嘴角抖个不停，尽量不让自己笑出来，

"嘿，闭嘴，你们听，高瑟又再说话了。"

"别再要求要离开这座塔。"古怪三姐妹又哈哈大笑。

"别再要求要离开这座塔！高瑟真的觉得这样有用?"鲁比尖声叫道。

"她都十八岁了！当然没用！"玛莎说。

"喔，乐佩，我更爱你！"玛莎用嘲讽的语气重复乐佩的话。

"我最爱你了？其他公主可能很蠢，但我不觉得乐佩有蠢到会相信这个！"露辛达咯咯笑道。

"高瑟要去哪里？她要留乐佩一个人在塔里！"鲁比尖叫。

"用镜子跟着她，我来看着乐佩。"露辛达吩咐。

鲁比走到另一面镜子前，看着高瑟在森林里漫步。露辛达则盯着乐佩，与现实世界相比，她好像更喜欢梦境世界，有这么多镜子供她支配。有时你会在梦境的镜子里看见某些东西，直到影像浮现在眼前，才会意识到自己有多

想目睹这一切。

古怪三姐妹看见高瑟踏上通往死亡森林的小径，"无足轻重的女王要去她那片荒芜的领地了。"

"真惨！"玛莎尖叫。

"她好像在找什么东西。"露辛达暂时把目光从乐佩身上移开，结果注意到另一面镜子出现一些影像，"妹妹，你们快看！是他！"露辛达指着镜子，只见一个年轻人走进通往山谷的山洞入口，"是费林雷德！皇冠在他手上！"

"谁？"鲁比满脸疑惑。

"费林雷德啊！"露辛达不耐烦地回答。

"费林雷德？什么鬼名字啊？"玛莎说。

"拜托，妹妹，他就是我跟你们说过的那个年轻人啊！"露辛达说，"嘘！"

"啊，对喔，你逼他去偷皇冠带给乐佩的那个！"玛莎恍然大悟。

"什么皇冠？"鲁比又问。

"喔，我的天哪，鲁比！乐佩的皇冠！记住，她是公主！"

"喔，对对对！太多故事要追，太多公主了！别生我们的气啦！"鲁比叫道。

"露辛达！他闯进高塔里了！他在那里！"玛莎指着其中一面镜子说。

"哇！她拿平底锅打他的头啊！"鲁比咯咯笑着。

"谁叫他要闯进来！"玛莎说。

"玛莎，搞清楚状况好吗！我们就是要费林闯入高塔！"露辛达无奈地摇头。

"有这回事？"玛莎问道。

"有，当然有！不然他要怎么把皇冠给乐佩？"露辛达离开镜子前方，对两个妹妹感到前所未有的烦躁。

"天哪！你们看乐佩看着他的样子！为什么公主总是会爱上她们遇见的第一个男孩呀？"玛莎问道。

"因为童话故事就是这样写的。"露辛达叹了口气。

"哈！不对！她又用平底锅打他了！做得好！"鲁比笑着说，"她把他塞进衣橱里了！"

"妹妹，听着！你们两个仔细听我说！我们就是要费林雷德在高塔里！我们希望他们俩变成朋友。我们需要他帮助乐佩找到她真正的家人。"

"可是……为什么？"

"我们不希望高瑟唤醒她姐姐，对吧？"

"当然不希望！"鲁比和玛莎说。

"老天！她带着安眠魔药回来了！你们看！"露辛达指着镜子里的高瑟说。

"是我们的吗，露辛达？我们的安眠魔药？"

"那不重要！费林在衣橱里，我们需要乐佩摆脱高瑟，说服费林带她去看那些光！"

"对，如果她没先用平底锅杀了他的话！"古怪三姐妹咯咯笑了起来。

"那高瑟呢？还有安眠魔药呢？看样子她想让乐佩再度陷入沉睡！"

"乐佩得在她下药前摆脱她！"

"喔！看！快看！乐佩找到皇冠了！她在试戴！她在试戴！"

"我们现在就跟她说她是公主吧！"鲁比尖声建议。

"我们不能透过镜子跟她说话，笨蛋！她没有魔法！就算可以，我也不想坏了我们看高瑟痛苦的兴致！我要让高瑟认为她赢了，我要让她的心充满希望，再看着梦想幻灭！"露辛达说。

"她在那里！高瑟在那里！快看！"鲁比指着其中一面镜子，高瑟正对着高塔的窗户大喊。

"乐佩！放下你的头发！"

"等一下，妈妈！"乐佩赶紧把皇冠藏在花瓶里。

"我有个大惊喜喔！"高瑟喊道。

"呃，我也是！"乐佩回答。

"为什么高瑟一直用那个像唱歌的奇怪声音说话？太蠢了吧！"鲁比说。

古怪三姐妹呆呆地看着眼前的画面。高瑟和乐佩两人你一言我一语地接话，各自怀有心事，根本没有认真听对方在说什么。

"我的惊喜一定比较大！"高瑟大喊。高瑟从窗户进到塔里，一副活力充沛的模样，简直就像是舞台剧演员或大型傀儡木偶，"我带了防风草回来！今天晚餐要煮你最爱的榛子汤。很惊喜吧！"

古怪三姐妹又开始咯咯笑。

"汤！这也叫惊喜？"玛莎尖叫。

"安眠魔药榛子汤！大惊喜！"鲁比大喊道，逗得玛莎哈哈大笑。

"这……妈妈，我有件事想告诉你。"乐佩说。

"不不不！别告诉她！"古怪三姐妹大声尖叫。乐佩当然听不见，但她们的声音有魔力，所以才会试着用声音来操纵乐佩，"嘘！高瑟在讲话了。"

"乐佩，我不喜欢在吵架后丢下你，再说做错事的人又不是我。"高瑟说。

古怪三姐妹笑了起来，高瑟显然不知道怎么当一位妈妈，在乐佩还小的时候，她也从来没照顾过她。

"蒂德巴顿太太怎么了？"鲁比突然来了这么一句。

突然，蒂德巴顿太太赫然出现在其中一面镜子里，而且正在烤一个华丽的蛋糕，比她为乐佩做的八岁生日蛋糕更大、更漂亮。

"别闹了！我们应该盯着高瑟！别管蒂德巴顿太太了！"

"蒂德巴顿！"

"什么？"

"她的名字叫蒂德巴顿！"

"好啦，坦白说我觉得这个名字很可笑！"露辛达没好气地说。

"她是在帮乐佩烤蛋糕吗？她还记得乐佩吗？"

"不太可能，但有某种力量会驱使她每年这一天都会做蛋糕。嘘！别管她了，听我说，我想那个傻女孩会跟高瑟说费林在衣橱里！"露辛达说。

"乐佩，别再提光的事了！你永远别想离开这座塔！"

高瑟大吼。

"喔！高瑟终于展现她的本色了！这才是我们认识的高瑟！"鲁比说。

高瑟戏剧化地斜靠在最近的椅子上，仿佛大吼耗尽了她的元气。"她还真爱演！"鲁比咯咯笑个不停，望着高瑟用手扶着额头，好像快被这些累人的事弄到晕倒。

"这太超出想象了！好像一出演得很烂的通俗剧！"

"啊，可恶！这下我变成坏人了。"高瑟非常恼怒，厌倦了这种装模作样。

古怪三姐妹知道高瑟想让乐佩陷入沉睡，这样她就可以把乐佩的身体带回乡村别墅，唤醒海瑟和普琳罗丝。一想到高瑟把那个年轻女孩的头发缠在死去姐姐身上的恐怖画面，三姐妹就觉得很愉快，可是她们不打算再让一位公主陷入危险。至少现在瑟西盯着她们的时候不行。如果又多伤害一个傻公主，她们就再也看不到瑟西了。

"我本来想说的是……我知道我想要什么生日礼物了。"乐佩说。

"那你想要什么？"高瑟问道，一点也不想玩这个猜谜游戏。

"新颜料。用白色贝壳做的颜料，你以前有帮我买过。"

"买那个颜料的路途很远，乐佩，大概要三天啊。"

"够你去看你姐姐了。"露辛达说，"我觉得她们不太对劲。你最好去看一下。"

"对，高瑟！你最好去看一下你姐姐。"鲁比跟着大叫。

"高瑟，她们有危险！少了黄金花，蒂德巴顿太太现在又老又虚弱，你姐姐跟她在一起不安全。"露辛达让言语充满魔力，好用来吓唬高瑟。

"蒂德巴顿太太可能会去地窖喔！你从没离开过这么久！"玛莎说。

"快！快去找你姐姐！"古怪三姐妹齐声大喊。

"你确定你一个人没关系？"高瑟问道。

"我知道我在这里很安全。"乐佩说。

"我三天后就回来。"高瑟一边说，一边拿起乐佩为旅途准备的餐篮。

"我非常爱你，宝贝。"高瑟说。

"我更爱你。"乐佩说。

她说的是真的。古怪三姐妹能看出来。乐佩真的很爱她的高瑟妈妈。

第31章

伤透妈妈的心

古怪三姐妹看着高瑟走走停停、犹豫不决地穿过秘密山洞出口，越过死亡森林，来到乡村别墅。"这样就对了，高瑟。乐佩没事的，你姐姐需要你。"

　　三姐妹一直盯着乐佩。只见她拿着平底锅小心翼翼走近衣橱，衣橱的门则被一张绿色摇椅紧紧卡住，乐佩悄悄挪开摇椅，迅速闪到椅子后方。

　　"费林在里面啊！她该不会要放他出来吧?"玛莎尖叫。

　　"她当然是要放他出来啊！嘘！让我们看下去吧。"

　　"她是从哪里学到用头发耍这些花招的?"玛莎看着乐佩用头发像套索一样缠住门把，打开衣橱的门。

　　"我们让她在梦中拥有自由意志，梦里发生的一切都会转化成她的真实生活。现在安静点!"

　　三姐妹看到费林雷德脸朝下倒在地上，咯咯笑个不停。"嘘！姐姐！太大声了！"鲁比说，她们环顾四周，猜想究竟会打扰到谁让鲁比这么在意，"我不想让高瑟听见我们的声音！"

"我到底要讲几次？只要不对着她的镜子说话，她就听不到！你们两个真是越来越笨了！"

"哈！你们看！乐佩把他绑起来了！她的青蛙还用巴掌想把他打醒啊！"鲁比说。

"那是变色龙，鲁比。我们送她的，记得吗！在她生日那天啊！嘘，乐佩在讲话了。"

"我们送她一只青蛙当作生日礼物？"

露辛达叹了口气，"对，喔，等等，不对，我们是送变色龙当她的八岁生日礼物，懂了吗？我的老天，你到底是怎么了！"

"那乐佩沉睡这段时间，青蛙都是自己待在塔里吗？它都在干吗？"

"它也睡着了！现在给我闭嘴！乐佩在说话！"露辛达喊道。

"挣扎、挣扎是没有用的。"乐佩说。

"喔，快看，她努力让自己变勇敢！还真了不起呢！"露辛达语带嘲讽地说。古怪三姐妹看到费林雷德脸上满是困惑。

"这是头发吗?"他试着在黑暗中找到头发的主人。

"哼,他还真聪明!"玛莎讽刺地说,"我们不能指望他带乐佩去城堡。看看他!他太没用了。"

"妹妹,嘘!"露辛达大声呵斥,"我想乐佩已经说服他,用带她去看天灯来交换皇冠了。"

"可是那是她的皇冠啊!"

"我知道!但乐佩不知道!那是费林从城堡里偷走的,记得吗?清醒一点!"

"等等!什么?嘘,费林好奇怪,他好像要讲什么!"古怪三姐妹竖起耳朵,听费林雷德说些带着威吓的话。

"好吧,听着,我真的不想这么做,可是你让我别无选择。请注意我的眼神。"

"露辛达!注意他的眼神?他是要下咒吗?他要杀了她吗?"

"不,亲爱的。他所谓眼神魅力与魔法无关。"露辛达笑着说。

"他的脸在干吗?他的脸在干吗?"

"他太好笑了!跟那个愚蠢又无害的加斯顿一样!"古怪三姐妹哈哈大笑。她们笑得太厉害,完全停不下来,又在地上滚来滚去。

最后三姐妹好不容易止住笑意，发现一切都成了。费林雷德同意带乐佩去看天灯，以换取他偷来的皇冠。

"他要带她去看天灯！他要带她去看天灯！他要带她看天灯！"她们边唱边绕着房间跳舞。

"好啦！让我们看看高瑟在做什么吧！"露辛达将目光转向另一面镜子，"让我们看看高瑟！"不过话一出口，她就改变了主意，"不，等等！看看乐佩！她来到外面的世界了！她怕自己会伤透高瑟的心，让妈妈心灵破碎！"

"喔，拜托！太夸张了吧！"鲁比说。

"她真的这样说！让妈妈心灵破碎！"

"费林居然想说服她回高塔！这男的还真糟糕！"

就在这个时候，古怪三姐妹被高瑟那面魔镜分散了注意力，"那匹马在干吗？露辛达，你看！那匹马在攻击高瑟！"

"皇家的马，你的骑士呢？"高瑟顿时陷入恐慌，不停高喊乐佩的名字。

"她要回高塔了！她要回高塔了！"鲁比放声尖叫。

古怪三姐妹看着高瑟跑回塔楼，塔里一片漆黑，除了阴沉的暗影外什么都没有。"你宝贝的小花离开了！离开了，离开了，永远离开了！"古怪三姐妹像鸟身女妖一样发出刺耳的尖叫。

"现在就让高瑟尝尝失去一切的滋味！她会失去她珍贵的花！"露辛达轻蔑地说，鲁比咯咯笑了起来。

玛莎却很安静，没有参与庆祝。

"怎么了，玛莎？"鲁比和露辛达问道。

"但她已经失去了一切不是吗？她失去了姐姐，失去了家，现在又失去最后一次让姐姐复活的机会。"

"玛莎，你说什么？"露辛达问道。

"我们应该告诉她的。"玛莎用细小的声音回答，泪水顺着她的脸颊流下来，让咯咯笑的鲁比和露辛达瞬间无语。

"要是她没背叛我们，我们就会告诉她！"露辛达厉声说，"她不愿意分享黄金花！她不值得、也不应该知道！"

"我们知道的时候就该跟她说！我们不应该等。"玛莎的坚持让鲁比和露辛达大吃一惊。

"现在没时间谈这个。"露辛达摇摇头，仿佛想驱散一个可怕的念头。"我不会浪费时间为高瑟感到内疚！如果不是她，玛琳菲森说不定还活着！"

"我知道，我知道。"玛莎明白露辛达说得对。这时，一声毛骨悚然的尖叫打断了她们的谈话。是鲁比。

"天啊，鲁比，又怎么了！"

"高瑟找到皇冠了！她找到通缉令了！"

"没关系，我亲爱的妹妹。故事都写好了。"

"有写到高瑟拿着那把大刀吗？"鲁比对镜中的影像点点头。

"别担心，乐佩会有个快乐的结局。这个故事的受害者不是她，是高瑟。喔，她的心会被伤透，灵魂也会破碎，我非常肯定！"

"什么意思？什么意思？"

"你们等着看吧，亲爱的。让高瑟拿着刀，踏进外面的世界。她对这个世界的了解不比乐佩多。"

第 **32** 章

高瑟妈妈

"让我看看姐姐！"高瑟对着随身魔镜尖叫。她原以为会看到露辛达嘲弄的脸回望着她，没想到眼前出现的是她真正的姐姐海瑟和普琳罗丝。她们的棺材打开了。

"什么？这是怎么回事？"高瑟的心跳得好快，"蒂德巴顿太太呢？让我看看蒂德巴顿太太！"她放声大喊，可是镜子里只有她自己的脸，"快给我看那个老太婆！"高瑟尖叫。

露辛达笑着从镜中现身，"你就是那个老太婆，高瑟。看看你，没有黄金花，快要死了。你把那个女孩从她的家人身边带走，还一直骗她，让她以为自己是你的女儿！你把人生献给了谎言，就跟你母亲一样！"

"闭嘴！你根本不了解我母亲！"

"我们对你母亲的一切了如指掌！她骗了你，你不是她生的！不是你想的那样！你有听过她提起你父亲吗？没有！因为你是她用魔法创造出来的！"

"你说谎！"高瑟气得尖叫。

"不，亲爱的，你才是谎言女王，不是我！你和你母亲都是。仔细看看你的灵魂，高瑟，真相就在那里。她就在那里。"高瑟知道露辛达说的是实话，高瑟一直都知道。

"就算她真的用魔法创造了我又怎么样？我还是她女儿！"

"你一直以来都很自私，高瑟，太以自我为中心，都不听别人的想法，连你可怜的姐姐也一样，她们根本不想过你安排的那种生活。还记得玛妮娅说你就是她吗？对，你是！你和你母亲很多地方都一模一样！你是她的黑心女儿，但没有冥后的头衔，也没有冥后的法力！"

"那我姐姐呢？她们呢？"

"她们根本不是你真正的姐姐！"露辛达冷笑着说，"来，看看她们！你母亲要雅各从附近的村庄把她们带回来，然后对她们施法，好让你能在接掌冥后的宝座后继续生存，统治死亡森林。普琳罗丝负责带给你快乐，海瑟则给你心灵的指引！可是事情出了错，非常可怕的错，现在只剩你孤零零一个人了。"

露辛达又笑了起来，接着再度开口。

"看看你！高瑟妈妈！你和你母亲都不是什么好妈妈。你和她一模一样。自私、残忍、爱操弄别人，但你却没有她的野心、没有她的魔力！你真可悲！整个人生都浪费了。天啊，难怪你母亲一点都不想看到你！"

"我不在乎她们是不是我真正的姐姐！我爱她们！她们比你们三姐妹好多了！"

"你爱她们？真的？"露辛达问道，"如果你真的爱她们，你就会分享你母亲的血，也不会担心她们能读懂你的心！"

"我不想让她们看透我的心！我很害怕！"

"如果她们是你真正的姐姐，早就和我们一样看穿你的心了。"

"你们用的是魔法！"

"我们试图让海瑟和普琳罗丝复活的时候，普琳罗丝说了什么？她在面纱下说了什么？"露辛达问道。

"让我们死吧。"

"对，让我们死吧！这是她说的，一字不差，可是这么多年来你一直想尽办法让她们复活。她宁愿死也不愿和你住在一起，一个邪恶又杀人如麻，跟母亲一样的复制品！一个屠杀孩童，强迫他们服从命令的女人！你纵容这种事发生！你认为这样很正常！"

"你们也是！我很清楚，你们也是！"

"你了解我们的心，就像我们了解你的一样。高瑟，你把所有爱都倾注在错误的姐妹身上。她们不像我们这么懂你。"

"你这话是什么意思?"

"高瑟，一切都太迟了。快去追你的小花。跟着你愚蠢的目标走，看看这会把你引向何方。他们在可爱小鸭餐厅。趁他们还没离开前快去，那个地方离你不远。我们从镜子里看到了。我们就在镜子后面观察，我们一直都在，也永远都在。"镜面慢慢变黑，只剩高瑟一个人。就和她母亲说的一样。

古怪三姐妹一直在梦境中观望。镜子以惊人的速度闪烁着不同的影像，将故事呈现在她们眼前。一个她们早就知道的故事，一个很久以前写下的故事，直到现在才出现在书页上，成为她们的巨著。三姐妹有种感觉，瑟西也在读这个故事，望着情节逐渐展开。她们已经告诫高瑟了。瑟西会看到的，瑟西会看到三姐妹的善行，进而原谅她们，让她们自由。可是不管怎么努力，她们就是看不见瑟西，不晓得她在哪里，也不知道她在做什么，她们看不见南妮，看不见晨星王国的情况，她们知道这些都是瑟西做的。

　　露辛达看着满房的镜子，发现高瑟正在窗外偷看可爱小鸭餐厅。她找到他们了。故事快结束了。

第 **33** 章

可爱小鸭餐厅

古怪三姐妹看着高瑟透过窗户偷看可爱小鸭餐厅。费林雷德故意带乐佩到这个可怕又臭味扑鼻的地方想吓唬她，但一切都是徒劳。他本来希望这个满是恶棍和杀人犯的地方能让乐佩吓到逃回妈妈身边，躲进安全的高塔里，这样他就能拿回皇冠，不必带她去看天灯。可是乐佩没有跑，反而还争取到那些凶神恶煞的支持，流氓和无赖都很乐意帮助她。

　　"他们还真是活宝啊！"玛莎大喊。

　　"这也太蠢了吧！"鲁比咯咯笑着，"他们真的是坏人吗？"

　　"那个小个子穿的是什么？尿布？还是翅膀？"

　　"乐佩真聪明，他们都站在她这边了！"鲁比一边拍手，一边踏着小靴子转圈。露辛达和玛莎也跟着鲁比一起跳舞，同时望着乐佩和费林的影像如雷电般闪过镜中。三姐妹看着事态发展，不禁捏了一把冷汗。皇宫守卫、一匹疯狂的马、侥幸逃脱，然后是高瑟，她在跟餐厅门外那个戴着翅膀的小个子男人说话。

"高瑟要干掉那个穿尿布的小个子！"鲁比尖叫。

"干掉最好！他好下流喔！"玛莎愤愤地说。

"不，妹妹，他刚才告诉她餐厅的秘密通道出口。高瑟要去找他们了！她会找到乐佩和费林的。"

"不，她不会！"鲁比把手放在镜子上。

"你做了什么？"露辛达大喊。

"我要让他们走另一条路。"

"你差点害他们没命！"露辛达惊恐地看着镜子闪现出来的画面。

"没事，他们在洞穴里很安全。"

"鲁比，洞穴被淹没了！水坝垮了！"三姐妹看着乐佩在被洪水淹没的洞穴里哭泣。

"他们被困住了！"玛莎失声尖叫。

"对不起，费林。"乐佩说。

"尤金。"他纠正乐佩。

"什么？"

"我的真名叫尤金·费兹柏特。该跟你说实话了。"

古怪三姐妹笑了起来。

"没时间调情了，你们两个傻瓜！"露辛达对着镜子尖叫，"他们放弃了吗？等等，不对，你们听！"

"我有一头神奇的魔发，只要我唱歌就会发光。我有一头神奇的魔发，只要我唱歌就会发光！"

"啊！她找到逃出洞穴的路了！"

"聪明的乐佩！乐佩真聪明！"鲁比和玛莎绕着圈子跳舞，鞋跟把地板敲得喀啦喀啦响。

"聪明的乐佩！乐佩真聪明！"

"妹妹，安静！我们最好继续观察，确保他们安全抵达城堡。等等！你们看！高瑟在鸭子门那边！"

"鸭子门？"

"鸭子门，鲁比！餐厅秘密通道的尽头！哎算了！她在跟那些恶棍说话！好像在做交易，她想搞鬼！"

"露辛达，你不是说故事已经写好了吗？为什么还那么担心呢？"

"探知未来这件事很奇怪，虽然我们看见的应该都会发生，但还是有可能出现变化。"露辛达解释，"所以你们一定要盯好所有镜子，要是高瑟想耍花招就告诉我！"

第
34
章

乐佩最懂

高瑟看着乐佩和那个男生挤在火堆旁，舒服地坐在一起分享彼此的故事，两人越来越靠近，还含情脉脉地四目相望。

　　"天啊，太恶心了！"高瑟看着这对年轻情侣说。他们逐渐爱上对方了，她一定要斩断他们的恋情。她错估了一切，大错特错！或许古怪三姐妹是对的。

　　"我们当然是对的！"魔镜中传来三姐妹的声音。

　　高瑟从口袋里掏出镜子，眯起眼睛看着露辛达，"你们在镜子里看到什么？你们有看到未来吗？知道结局是什么吗？我只想让我姐姐复活！拜托帮帮我！我之后一定会把乐佩还给她父母，我保证！"

　　"如果你真的爱乐佩，或许她就不会离开你了。如果你真的好好把她养大，给她一个真正的家和真正的生活，或许她就不会爱上遇见的第一个男孩了！"古怪三姐妹咯咯笑着。

"喔，你是说像瑟西爱你们那样吗?"高瑟的话语就像匕首一样锐利。

"我告诉过你，不准提她的名字。"露辛达用一种坚定而格外平静的语气回应，让高瑟觉得很空虚。

"你们都被困在梦境里了，能拿我怎么样?"高瑟厉声大喝，坚守自己的立场。

"高瑟，别忘了，我们还有一面镜子在你的地窖里，就在你姐姐的身边。要是你敢再越界，就让你见识一下我们的怒火有多恐怖!"

"别把我姐姐牵扯进来!"

"那你也别把瑟西牵扯进来，"露辛达警告，"你最好看着你的小花，她好像堕入爱河啰。"她在镜子变黑前补了一句。

高瑟听到那个男的说要去捡柴火，于是便蹑手蹑脚地走到乐佩身后站了一会儿，静静看着她的小花。她想，不晓得乐佩能不能感觉到她站在那里，宛如黑暗中可怕的幽灵。过去只要她母亲在附近，她都会有这种感觉。

"天啊，我还以为他永远不会离开呢。"高瑟的声音吓到了乐佩。

"妈妈？"

"你好，亲爱的。"

"我……我……我没有……你是怎么找到我的？"

"喔，很简单，真的。我只要仔细聆听背叛的声音，跟着走就对了。"

"妈妈……"乐佩叹了口气。

"我们回家吧，乐佩。走。"

"你不明白。这趟旅程很不可思议，我看到也学到好多东西。我……我甚至认识了一个人。"

"对，被通缉的小偷。我真为你骄傲，乐佩，走吧。"

"妈妈，等等！我想……我想他喜欢我。"

"喜欢你？拜托，乐佩，你疯啦！"

"可是，妈妈，我……"

"这就是你不该离家的原因！亲爱的，你以为很浪漫，自己进入了罗曼史，这证明你太天真，不该出门。他为什么会喜欢你？别闹了，真的！看看你。你以为他欣赏你？别傻了，跟我回家。妈妈……"

"不！"乐佩大喊。她终于找到自己的声音，找到反抗母亲的勇气。

"不？喔，我明白了。乐佩最懂！乐佩长大了，是个聪明成熟的女孩，乐佩知道怎么做最好，如果你这么肯定，就把这个给他！"高瑟把装有皇冠的侧背包拿给乐佩。

"你怎么……"

高瑟没有回答，只是不断咆哮。

"这就是他在这里的原因！别被他骗了！把皇冠给他，你等着看吧！"

"我会的！"

"相信我，宝贝。"高瑟弹弹手指说，"他离开你的速度就是这么快。我不会说我早就告诉过你了，不会！乐佩最懂！如果他真的是你的白马王子，就让他接受这项考验！"

"妈妈，等等！"

"要是他骗你，可别来找我哭！妈妈最懂！"

高瑟丢下乐佩独自一人，身旁只有疑虑与恐惧相伴，乐佩也开始怀疑尤金是不是真的只想要皇冠。

"对，我的小花，把皇冠给他，看看会发生什么事。"高瑟在远处看着乐佩挣扎，烦恼下一步该怎么做。

这一次，乐佩能感觉到妈妈就潜伏在远方，可是她看不到妈妈以及与妈妈站在一起的流氓。

"别急，两位。好事多磨，等着看吧。"

第 **35** 章

飘浮在天上的光

古怪三姐妹在其中一面镜子里看见乐佩首次踏入王国，那里有鹅卵石小径，华丽的拱门入口，以及坐落在葱郁山坡上的巨大蓝色城堡。王国是一个充满活力又美丽的国度，沾染了可爱的淡蓝色和淡紫色。放眼望去，到处都挂满了绣着金色星星的紫色旗帜，还有花环和姜饼屋风格的农舍店面。这里是乐佩见过最漂亮的地方。其中一区有一幅壮观的壁画，许多小女孩聚集在那里，留下纪念物给失踪的公主。壁画上画着国王、王后和一个金发小女婴——失踪的公主。

　　古怪三姐妹还来不及帮助乐佩想起过往的记忆，她就飞奔而去。不过她们施了一个魔咒来束缚她，用话语编织成一张网，将她缠绕在自己的故事里，一个被偷抱走的婴儿，一个与家人分离的公主，一个没有家的小女孩，直到小偷把她带回来。她们看着乐佩在广场上欢快跳舞，将喜悦和家的感觉注入内心。这一刻，乐佩才觉得自己真正活着。

看天灯的时间到了。

一盏天灯缓缓飘上夜空，一盏孤独又令人心碎的天灯。乐佩不晓得为什么看到天灯独自飘浮、在水面上映出倒影会让她这么难过，深沉的悲伤瞬间笼罩她的心。这时，王国开始微光闪烁，上千盏天灯随而升上天际。乐佩的心逐渐转变，就像看到皇室壁画时那样，充满喜悦。

"我觉得她知道，露辛达。"

"我想她心里出现了一点小火花，离真相不远了。"

"幸好我们有想出这个点子，请国王和王后在她生日那天放天灯。"露辛达看着点点光芒飘上天空。

"他们一直在呼唤她，跟我们希望的一样。"玛莎说。

"你们觉得瑟西会因为我们背叛高瑟而责怪我们吗？当年把反制咒给国王，让皇家护卫军能穿过玫瑰丛？"鲁比问道。

"我们这么做是为了让高瑟离开那个可怕的地方，让她离我们更近！我们不知道会……算了，反正我们也失去了高瑟。"露辛达说。

"你们看，我想乐佩知道啰。"她们看着年轻的公主经历了这辈子前所未有的幸福与快乐。

"她很快就会知道了。小小的火花正在变成光，她的世界已经改变了。"玛莎微笑看着被飘浮的光包围的公主。

"等等？那是什么？那个绿光？"鲁比突然大叫。

"什么绿光？在哪里？"露辛达追问。

"你们看那面镜子。在岸上！高瑟买通的流氓！"她们才看到这里，镜子旋即变黑。

"怎么了？"古怪三姐妹惊慌失措。

"让我们看看那个女孩！"露辛达大声尖叫，可是镜子全都没动静，只是冷冰冰地伫立在那里，覆盖着一层诡谲的黑暗。

"我不懂！"露辛达看遍所有镜子，除了一片漆黑外什么都没有。

"镜子怎么了？怎么变黑了？"

就在这个时候，每个镜面都浮现出一张脸。一张严肃又刻满愤怒的脸。

"你们别插手！"是瑟西。

"我们是在帮忙！我们在帮助公主！"古怪三姐妹大叫。

"你们不能再干涉任何人了，懂吗？"

"可是……"

"我的姐姐、我的妈妈，要是你们这么做，最后只会以心碎收场。"

"可是……"

"每次你们想帮忙都会出问题。你们就是活生生的噩梦，不管走到哪里都会造成威胁！乌苏拉因为你们而死！玛琳菲森也死在你们手上！白雪永远摆脱不了噩梦，因为你们在她小时候折磨过她！你们触碰过的一切全都毁了！拜托，你们已经在这个故事里毁了一个人，她大概没救了。你们还想毁掉别人吗？"

"可是……"

"别再说了！交给我吧！如果你们还想再见到我就别管。我和仙女会好好处理，你们别插手！"

"你说你和仙女是什么意思？"露辛达问道。

"我得走了。算我求你们，为了我和你们自己，不要干涉。"瑟西面无表情地说。

"可以让镜子恢复正常吗？"露辛达又问。

"结束后才行。故事结束后你们就可以用镜子了。"瑟西叹了口气，"妈妈，再见。"镜子逐渐转黑。

"我们的女儿背叛我们。她和仙女合作，背叛我们！

还给我们最后通牒，想命令我们！我们创造了她！她能活着是因为我们把她救出来，我们把自己最好的部分给了她，她居然这样报答我们？"露辛达怒火中烧。

"我不懂！我们只是想帮公主啊。"鲁比好疑惑。

"瑟西不在乎！她现在成了仙女的宠儿了。她是南妮那边的人，她对我们来说已经死了，她现在是我们的敌人。"

"别这样，露辛达！你是认真的吗？"

"她说我们触碰过的一切全都毁了？她说我们是活生生的噩梦？她懂什么！"

"露辛达，不行！我们不能伤害瑟西！"

"我们不会伤害她，亲爱的。伤害她就等于伤害我们自己。"露辛达复述许多古老的女巫曾说过的话。

"你打算怎么办？"

"我们要毁掉她珍爱的一切。那些人让她的脑袋充斥着关于我们的谎言，那些人想把她从我们身边夺走，我们要破坏她和那些人的连接。"

"这样不会让她更恨我们吗？"

"不，她会离我们更近，再次回到我们身边。"

第
36
章

背叛

高瑟站在岸边，一阵刺骨的寒意来袭。事情不太对劲，她心底涌起一股可怕的孤寂感。自海瑟和普琳罗丝好几百年前死后，她就没有这么孤独过。她很想呼唤古怪三姐妹，看看她们是不是还躲在镜子后面，但有个感觉告诉她，她们不会出现。她不必从口袋里拿出镜子，也不必费心呼唤她们。没有用的，她们走了，她感觉得到。

　　"她们真的走了，丢下我一个人。"

　　她又听到母亲的话在耳边回荡……"你注定要一个人孤老至终"。

　　高瑟叹了口气。她正在等那些流氓完成任务，静待时机跳出来呼喊她的小花，把她从可怕的恶棍手中救出来，彻底远离那个利用和背叛她的年轻人。她安排了一场盛大演出，一个阴谋诡计，这一切都是为了乐佩。她相信这样就能让乐佩回到她身边，回到属于她的地方。

"该死！我忘了安眠魔药！算了，我会把乐佩带回高塔，让她服下安眠魔药，自己带她去乡村别墅。"她不需要露辛达、鲁比和玛莎。除了她的小花，其他都不重要。黄金花和姐姐。她真正的姐姐，她很快就不会孤单了。

姐姐，我很快就会回去陪你们了。

是时候了。是时候演这场人生中最重要的戏，是时候制造骚乱了。高瑟就是拯救者，一个宠爱女儿的母亲，把宝贝乐佩从玩弄感情的卑鄙小偷手里救出来。

"乐佩？"高瑟在黑暗中呐喊。

"妈妈？"

"喔！我的宝贝女儿！"

"妈妈！"

"你没事吧？你受伤了吗？"

"妈妈，你怎么……"

"我好担心你，亲爱的，所以我跟踪你，我看到他们攻击你，然后……天啊，我们走，趁他们还没醒快走！"

乐佩望着尤金乘船远航。高瑟看得出来她很伤心，乐佩相信尤金背叛了她，而敞开双臂等着她的妈妈，才是世界上唯一真正爱她的人。乐佩在母亲的怀抱中啜泣，涌出点点泪花。

“你说得对，妈妈，一切都被你说中了。”

“我知道，宝贝，我知道。”

第 **37** 章

好了，一切都过去了

"去洗洗手吃饭吧，我在做榛子汤喔!"乐佩回到高塔上的房间，和妈妈待在家里。她的心碎成一片一片，妈妈却一副没什么的模样，好像只是再平常不过的一天。才不是。乐佩以为她会展开一个全新的生活，一个真正的生活! 可是她又被困在塔里，永远无法离开，永远无法去爱。妈妈说得没错，这个世界很可怕。

"我真的尽力了，乐佩，我警告过你外面是什么样子。这个世界黑暗自私又残酷，哪怕只有一丝阳光，它也会被摧毁殆尽。"

"就像我姐姐一样。"高瑟低喃着。

乐佩松开紧握的拳头，她一直抓着庆典的紫色旗帜，上面有金色的太阳，壁画中的国王和王后衣服上也有这个图案，就像她在卧室天花板画的太阳一样。她目光所及的每个地方、每个角落都有太阳，一个接一个冒出来，越来越多。

她恍然大悟，不小心一个踉跄，往后撞上梳妆台。那瞬间，她明白了。那一刻，一切都说得通了。

她就是失踪的公主。

"乐佩？乐佩，怎么了？乐佩，你还好吗？"高瑟走上楼，想看看刚才的骚动是怎么回事。

乐佩震惊不已。她站在楼梯平台上望着高瑟，看着眼前这个心肠恶毒的女人，"我是失踪的公主。"

"请你大声点，乐佩，我最讨厌你喃喃自语。"

"我就是失踪的公主，对不对？"乐佩眼中闪着愤怒的光芒，"我还在喃喃自语吗，妈妈？我还应该这样叫你吗？"

"喔，乐佩，你听听自己说的话。你怎么会问这么离谱的问题呢？"

"是你！都是你！"

"我所做的一切都是为了保护你。我的花。"乐佩推开高瑟，从她旁边跑下楼。"乐佩！"

"我这一生都在闪避那些想利用我魔力的人。"乐佩从高瑟身边大步走开。

"乐佩！"高瑟追着她大喊。

"没想到我最该闪避的是你！"高瑟不敢相信乐佩居然

这么生气。

"你要去哪里？那个人不会陪在你身边的！"高瑟急着想保住她的小花。

"你对他做了什么？"

"那个罪犯就要被处以绞刑了。"

"不。"

"好了，好了，没事了。听我说，这样才是最好的结果。"高瑟伸手想摸乐佩的头发，但乐佩一把抓住她的手。她看到了。妈妈的手像爪子一样，看起来就像女巫的手。

"不，你错看了这个世界，也错看了我。我再也不会让你利用我的头发！"乐佩大喊，用力推了高瑟一把，让她往后撞上镜子，玻璃碎了一地。

"你要我当坏人？好，那我就当坏人。"高瑟一巴掌打在乐佩脸上，将她捆倒在地，

"这就是你想要的吗？"

"妈妈！不！"

"我不是你妈妈，记得吗！我只是那个从你家把你偷抱走的女巫！"

"拜托，求求你不要伤害我！"

"我不会伤害你，亲爱的。你以为你知道真相，你都

写在心里了！乐佩，你不了解我的人生，也不知道我为什么要做出这种选择。"高瑟拿刀抵住乐佩的喉咙，用铁链把她拴起来。

"乐佩！乐佩！放下你的头发！"是尤金，他在外面大声呼喊。

"怎么会……没关系。给我听好，我的小花，照我的话去做，不然我就要把你的爱人碎尸万段，明白吗？"高瑟说完便把乐佩的头发扔到窗外，让费林爬上来。

"明白吗？"高瑟加重语气问道。

"明白。"乐佩回答。

"明白，什么？"

"明白，妈妈。"

"很好。"高瑟用布堵住乐佩的嘴巴。

高瑟站在窗前等尤金出现，乐佩吓得僵在原地无法动弹，不知道妈妈会做出什么可怕的事。

"乐佩，我还以为再也见不到你了！"

尤金还来不及多说，就被高瑟捅了一刀。细细的刀锋滑进尤金的身体里，温热的血流淌到高瑟手上。乐佩隔着遮嘴的布条闷声尖叫，试图接近尤金，却被铁链困在原地。

"看你做了什么好事，乐佩！"高瑟说，"喔，别担心，亲爱的。我们的秘密会随他而去。"

乐佩吓坏了，尤金会失血过多而死。

"至于我们……我们要去一个再也没有人找得到你的地方！我们要去死亡森林，我要以冥后之姿收复我的领地，海瑟和普琳罗丝也会再度回到我身边！"

高瑟试着把乐佩拖下秘密通道，乐佩则拼命挣扎，努力抵抗妈妈。

"好了，乐佩，别闹了，别再反抗我！"

"不！我不会停！这辈子剩下的每一分钟我都会反抗。我会努力离开你，永远不会放弃！可是，如果你让我救他，我就跟你走。"

"不，乐佩，不。"尤金说。

"我永远不离开，永远不会逃跑。只要让我治好他，你和我就能如你所愿，永远在一起。一切都会跟以前一样，我保证。如你所愿，只要让我治疗他。"

永远在一起。这几个字就像刀子一样刺进高瑟心里。三姐妹，永不分离。

高瑟同意了。她终于保住她的花。乐佩会乖乖跟她走。她会带她去死亡森林，跟海瑟和普琳罗丝在一起，永远不会变老，也永远不会死。永远不会像母亲那样化为尘埃。

她绝不会忍受死亡带来的耻辱，那个她加诸在母亲身上的死亡。她终于要过自己想要的生活了。

"尤金！噢，对不起！不过一切都会没事的，我保证。你得相信我，来吧。"

"我不能让你这么做！"

他快死了，乐佩看着他的生命一点一滴从身边溜走，她的心都碎了，"我不能让你死。"乐佩对他说。

"可是你这么做……你也会死。"乐佩知道尤金是对的，但她别无选择。"嘿，不会有事的。"她不知道她想说服尤金，还是说服自己。

"乐佩，等等……"尤金一边说，一边摸她的脸。她还来不及阻止，尤金就用一块镜子碎片割断她的长发。

"尤金，你……?"乐佩捧着头发看着发丝一根根死去，变成褐色，就像枯叶一样。

"不！"高瑟放声尖叫，想把奄奄一息的头发收集起来，"不，不，不！你做了什么?"下一秒，事情就发生了，高瑟和她母亲堕入了同样的命运。她开始衰老，干瘪，萎缩。太可怕了，还有疼痛，比她想的更糟。痛楚淹没全身，啃噬着她的心。"你做了什么?"她冲到镜子前想寻找古怪三姐妹，想找可以帮助她的人，她不能丢下海瑟和普琳罗丝,她们该怎么办呢?她让她们失望了,她辜负了她姐姐,她快要死了。我不能离开海瑟和普琳!不行!疼痛在她体内奔流,她大声尖叫,无处可逃。她母亲死时也有这种感觉吗?对她来说有这么可怕吗?高瑟的身体逐渐粉碎,化为灰烬,她能感觉到自己慢慢消失,她看见乐佩惊恐的脸,接着绊了一下,从窗户坠落塔底。高瑟最后看到的东西和她母亲最后看到的一样。极度厌恶和恐惧的表情。

尾声

"他死了。"瑟西放下童话书，叹了口气。

白雪手中的茶杯掉在地上，甜美的脸皱了起来，淌着泪水，不知道该说什么，"对不起，我打破了你的茶杯。"她低头看着茶杯碎片说。

"白雪，尤金死在乐佩怀里。"

"这不公平。"白雪哭得更厉害了。

"不，等等！"瑟西走到姐姐其中一面大镜子前，那面镜子就靠在壁炉一侧的玛瑙乌鸦上。"让我看看乐佩。"只见乐佩趴在尤金的尸体上哭泣。瑟西闭上眼睛，将手放在镜上诵念咒语：

神秘黄金花

闪耀像太阳

让时间倒转

带我回到过往

疗愈旧伤痛

请赐我力量

重拾起失落

带我回到过往

回到过往

乐佩的眼泪落下，创造出螺旋形的金色光芒。光在他们四周逐渐蔓延、缠绕旋转，看起来就像野生的藤蔓植物围着高塔跳舞，从藤蔓上开出一朵美丽的黄金花。

"是你做的吗？"看着尤金复活，白雪问道。

"我不确定，乐佩体内可能还有一些黄金花的力量。"瑟西回答。

"不管怎么样，她都有个幸福快乐的结局。"白雪对她的表亲微笑。

"没错。"瑟西皱起眉头。

"瑟西，怎么了？"

"我……我不是真的瑟西。"

"你当然是。我向你保证。你很真，再真不过了。"白雪冲到瑟西身边，将她搂在怀里。"瑟西，听我说。你是我见过最勇敢、最有爱心的女孩。你很真。不要再让我听到你有那种想法。不要看轻自己。"这时，房子开始轰隆作响、猛烈摇晃，如闪电般快速移动，"怎么回事？"

这次她们没有惊慌失措，而是走到窗前观望。只见一片无边无际的黑色海洋，海面上波光粼粼，在繁星照耀下闪着点点晶亮，一会打旋、一会变形，变幻莫测，而且不知怎的与她们熟悉的世界相连，直到居住的天界在眼前完全消失，她们又回到众多王国所在之地。

"瑟西！我们到家了！"白雪脸上写满了幸福。

瑟西对可爱的白雪报以微笑，她看得出来白雪还没准备好回到原本的生活，她渴望更多冒险，想多探索这个世界。

"回晨星王国的路上，要不要顺道参加乐佩的婚礼？"瑟西问道，希望白雪会答应。

"他们已经结婚了吗？"白雪暗暗窃笑。

"还没，至少这几年还不会啦。不过我们可以去看看。"

"好！看她和家人快乐相聚，我想去！"白雪又笑了起来。

"我也是！对了，你能陪我去看看蒂德巴顿太太吗？"

瑟西想起那个可怜的老妇独自一人留在乡村别墅里。

"喔，好，当然好！我差点忘了她！"白雪一边说，一边想起高瑟的姐姐，想知道瑟西打算怎么处理她们的遗体，"之后我会和你一起去晨星王国看南妮和晨星公主。"白雪补充。

"太谢谢你了，白雪。没有你我真不知道该怎么办。"

"瑟西，有你真好。我们都在同一条船上，一起面对一切。"

"那就好，我想接下来会很需要你。"

"怎么了，瑟西？"

"我不确定。我要看我妈妈们在死亡森林那段时间写的日记才知道，毕竟她们当时和高瑟在一起。"

白雪只希望瑟西快乐，但她内心深处知道，如果瑟西把古怪三姐妹从梦境中释放出来，她就永远不得安宁，永远不会幸福。

"故事结束了，你打算让你妈妈用镜子吗？"

"不了。就让她们坐在黑暗里猜想吧，我受够了。"